성장 성조숙증 클리닉
# 정명희 소아청소년과 의원

## 프로필

- 소아청소년과 전문의/의학박사

- 경북의대 졸업

- 미국 UCLA 어린이병원 소아내분비
  성장 성조숙증 연수

- 前)대구의료원 소아청소년과장

- 경북의대 소아청소년과 외래교수 역임

"아이들이 행복하고 건강하게
자랄 수 있도록 최선을 다하겠습니다

## 전문진료분야

 **소아키성장**

 **성조숙증 클리닉**

진료시간

| 진료시간 | | |
|---|---|---|
| 평 일 | AM 10:00 | - PM 7:00 |
| 토요일 | AM 9:00 | - PM 5:00 |
| 점심시간 | PM 12:30 | - PM 2:00 |

일 . 법 . 공휴일은 휴진입니다.

## 위치

서남시장근처 대구 달서구 감삼동 62-10
더원정형외과 8층

📞 예약 및 문의
053-572-1137
010-8671-8837

**KΠUH**
경북대학교병원
협력병.의원

복사꽃 오얏꽃 비록 아름다워도

산문의 거울 ❻

# 복사꽃 오얏꽃 비록 아름다워도

지은이 | 정명희

1판 1쇄 펴냄 | 2021년 7월 1일
1판 2쇄 펴냄 | 2021년 7월 27일

펴낸이 | 신중현
펴낸곳 | 도서출판 학이사
출판등록 | 제25100-2005-28호

대구광역시 달서구 문화회관11안길 22-1(장동)
전화_(053) 554-3431, 3432   팩시밀리_(053) 554-3433
홈페이지_http://www.학이사.kr
이메일_hes3431@naver.com

ISBN_979-11-5854-310-5   03810

복사꽃
오얏꽃
비록
아름다워도

정명희

學而思 | 학이사

# 아름다운 것에 감동하며
# 살았던 날을 새기며

천지가 초록빛이다. 숲 사이로 비치는 맑고 투명한 햇살이 빨갛게 익어가는 산딸기의 얼굴을 어루만진다. 보랏빛 수국은 흐드러지게 피어 파랗게 갠 하늘의 하얀 양떼구름을 올려다보고 있다. 살아있는 것들 모두, 저마다의 하루를 아름다운 모습으로 장식하며 오롯이 즐긴다.

땅에 발을 딛고 자연 속에 서서 세상 아름다운 것들에 감동하며 살았던 날을 새긴다. 고마운 나날들이다. 고향의 청취를 듬뿍 느끼게 해준 이들, 어려운 일이라도 인간적이고 따스한 마음으로 보듬어 보람이라 여기게 해준 이들, 노력하면 결실이 꼭 있으리라는 믿음을 주었던 분들, 그들의 이야기는 늘 머릿속에서 맴돌다가 글로 이어졌다. 덕분에 대구의료원 최초의 여의사로 출발한 나의 33년 인생도 하루하루 신나게 살아갈 수 있었다. 감격스러운 경험은 이슥한 밤이면 펜을 잡게 재촉하였다. 아픈 이가 치료되어 웃으며 가는 뒷모습보다 더 벅찬 감동이 어디 있었겠는가.

어린 시절부터 활자로 된 모든 것을 좋아하였다. 책을 들고 있으면 옆에서 불러도 모르고 대답하지 않는다고 어른들로부터 등짝을 얻어맞은 적도 많았다. 어느 집이든 가장 먼저 눈길이 가는 것은 가지런히 꽂혀있는 책이 있는 곳이었다. 대학 시절 아르바이트를 하여 번 돈으로 제일 먼저 샀던 것도 세계문학 전집이었다. 누런색으로 빛바랜 공책들, 학창 시절부터 써 내려갔던 습작들, 의과대학 시화전 자료들이 나의 소중한 보물들이다. 제대로 쓰고 싶어 공부하여 수필로 등단하였고 쓰고 지우는 생활에 기쁨을 느끼며 살고 있다. 문학 하는 이들과 만나며 그들의 인생 이야기를 듣고 나의 인생을 돌아보기도 하며 공감하는 일상이 즐겁다.

직장인으로서 출근하면 아픈 아이들과 함께하는 하루가 어찌 지나가는지도 모르고 살았다. 문득 고개를 드니 10년 세월이 순간 사라지며, 휙 지나갔다. 그때 공부를 더 해야겠단 생각이 들었다. 청소년기의 방황과 작은 키에 대해 고민하는 나의 환자들에게 도움이 되고자 2001년엔 무작정 미국 연수를 다녀왔다. 어렵게 닿은 그곳에서 그들의 얼굴을 떠올리며 2년 가까이 청소년 의학과, 소아 성장에 집중하였다. 그동안 힘이 되어 준 이들에게 보답하고자 열심히 공부하였고 내 글의 단골손님들을 떠올리며 고된 시간을 버텨내었다. 환자보다 더 위대한 스승은 없는 것 같다. 그들이 전해주는 선함 덕분에 한곳에 정말 오래 몸담아 반평생을 일하게 되었으니 말이다.

일전에 초로의 신사가 찾아왔다. 오래전, 사흘이 멀다고 입원하던 아이의 보호자였다. 잊지 못할 분이라 금방 예전으로 휘리릭 시계태엽이 되감겼다. 입원 병동에서 그분을 모르면 간첩이라고 여길 만큼 유명하였다. 간호사들은 그만 나타나면 긴장하여 얼어붙곤 할 정도로 까다롭기 그지없었으니. 세월이 사람을 변하게 하였을까. 근처를 지날 때마다 감사한 마음이 들었는데 그 마음을 오늘은 꼭 전해야겠다는 생각이 불현듯 들었다고 한다. 아이는 장성하여 어른이 되었지만, 마음을 전하려 불쑥 찾아왔다는 그분, 서로 남아있는 오래된 기억은 어쩌면 색 바래고 엷어져 채색되는 것이 아닐까. 정말 사람 사이에는 오해하는 경향이 많지 않았을까 싶었다.

어느 해 겨울, 하얀 눈 속에 핀 붉디붉은 동백을 보면서 가슴 뭉클했다. 동백꽃의 꽃말은 겸손한 마음이라고 전해진다. '그대를 누구보다도 사랑합니다.' 라는 굳은 약속의 상징이라 옛날엔 혼례 때에도 쓰였다. 동백은 '허세 부리지 않다' 는 의미를 담고 있어서 참 마음이 끌리는 꽃이다. 하얀 눈 속에 피어나 길손을 반기던 동백처럼 '겸손한 마음으로 모두를 사랑하리라' 다짐하며 인생의 새로운 문을 열기로 마음먹었다. 긴 생각 끝에 도전을 결심하였다는 이야기를 처음 털어놓은 날, 내 인생의 멘토는 행복해지는 비결을 귀띔했다. 누구든 남이 못 하는 일을 할 수 있는 능력 한 가지씩은 가지고 있다면서 도전해 보라고 격려해 주었다.

행복해지는 비결, 그 첫째는 욕심을 줄이는 것이다.

욕망을 충족시키려 애쓸 것이 아니라 아예 욕망을 적게 하는 것이라고. 둘째는 적당함을 권하였다. 적당함이란 대충대충 중간에서 그만두는 것이 아니란다. 뜨거운 물을 좋아하는 사람에게는 뜨거운 물이 적당한 것이다. 미지근한 물을 좋아하는 사람에게는 미지근한 물이 적당한 것이다. 각각의 적당함이 있다고 하니 자기 자신의 적당함을 발견하는 일이 바르게 행복을 찾는 길이라고 충고한다. 셋째는 차별하지 말라고 권하였다. 모든 사람이 관세음보살이라고 믿는다면 자신 또한 관세음보살임을 알게 될 것이라면서. 그러면 자기가 지금 살고 있는 모습 그대로 행복하게 될 것이라고 강조한다. 마지막 다섯째가 가장 중요하다며 꼭 매일매일 매 순간 감사하는 마음을 가지라고 권하였다. 그것이 바로 행복의 비결이라고. 그렇구나! 그렇겠지! 감사해야지! 다짐하며 겸손한 마음으로 손을 모은다.

33년이라는 세월이 한 덩어리로 내 가슴에 남을 것 같다. 이제 오랫동안 몸담았던 대구의료원을 떠나 마음의 행로인 서남시장 옆에서 〈정명희 소아청소년과의원〉으로 새로운 인생의 장을 연다.

그곳에서도

주변을 돌아보며 아름다운 이야기 찾을 수 있기를

멋진 황혼에 기대어 이웃과 함께 노래할 수 있기를

날마다 감사할 일이 일어나기를

이 땅의 모든 이들이 건강하고 행복하시기를 소망하며, 참 좋은 인연으로 위로받고 치유하며 남긴 흔적을 책으로 엮는다.

눈코 뜰 새 없이 바쁜 가운데서도 정성을 다해 '산문의 거울' 시리즈로 초대해 아름답게 책을 만들어주신 학이사 신중현 대표님께 깊은 감사를 드린다.

좋은 인연이 되기를 기대하며.

고마움이 충만한 여름날,
세이지 향 가득한 정원에서
지은이 정명희

## 차례

## 인연

## 위로

## 흔적

## 치유

인연

무엇을 사랑하고 안 하고는 선택의 문제일 것이다.
일단 선택하게 되면 그를 위해 부지런하게 몸을 움직여서
사랑하는 대상을 위해 나름의 노력을 보여주어야 하지 않을까.
인생은 우연이 감독이라는 말도 있듯이.

## 매화가
## 향기를 전하듯

아침이 밝아 온다. 응급실 야간 당직을 서기로 한 연휴의 끝자락, 길고 긴 밤이 지나가고 희뿌옇던 동쪽 하늘이 붉게 물들기 시작한다. 환호성이라도 질러 보고 싶을 정도로 무척이나 반가운 빛이다. 마치 이제껏 자유의 몸이 아니었다가 다시 찾은 양 홀가분한 기운이 온몸을 적신다.

우리 고유의 명절, 설날이 되었어도 고향에는 못 가고 집에 머물러야 했던 이들이 많았으리라. 그들의 마음이 어찌 편하였겠는가. 이런저런 이유로 알코올의 힘을 빌려 이겨보려 했던 것일까. 몸을 가누지 못해 순찰대원의 도움으로 응급실에 당도한 인사불성이 된 청소년, 속엣것을 다 토해내고는 깊은 잠에 빠져든다. 무서운 공포 영화를 보고는 며칠째 잠자리에 들지 못해 도저히 못 견디겠다며 찾아온 어린 학생, 양의 수를 헤아리게 할 수도 없어서 수면을 도와주기로 했다.

집에만 머무르기 심심하여 손수 집수리를 해보려고 하다가 타카 심에 손가락이 관통하여 놀라서 달려온 중년 남성도 있다. 너무 놀라지 말라며 태연한 듯 처신하지만, 그 장면을 되새기기만 해도 오금이 저린 표정이다. 잠자리에 누워 목이 간질간질하여 기침하다 그만 객혈하여 불안한 표정으로 달려온 할아버지…. 할머니는 피 묻은 휴지를 쥐고는 안절부절못하고 계신다. 이슥한 밤, 어둠의 끝을 잡고 잠 못 이루고 응급실을 찾는 환자들이 부쩍 늘어난 것 같다. 아픈 곳을 세세히 살피며 아무쪼록 이들이 무사히 잘 나아서 활동할 수 있기를 빌며 밤을 낮 삼아 종종걸음으로 침대 사이를 오갔다.

작년 이맘때 선별진료소 당직을 설 때가 벌써 아슴푸레하다. 지역에서 환자가 그리 많이 발생하리라고는 생각지도 않았는데, 순식간에 전국의 이목이 한곳으로 집중하게 되었으니…. 그때의 일이 너무도 아득하게 느껴져 잠시 조용한 틈에 정원으로 나서 보았다. 문득 고개를 들어보니 하얗게 피어난 꽃송이가 머리 위 커다란 나무에 눈꽃처럼 달린 것이 아닌가. 봄의 전령, 매화였다.

어느새 활짝 피어 어떤 어려움이 많은 환경에서도 어김없이 자연의 봄은 오고 있음을 알리려 하고 있다. 수많은 환자가 오고 가고, 코로나 전담 병원으로 되어 그 환자들이 입원하고 퇴원한 건물 정원에서 정말 아무런 일도 없었다는 듯이 소리 없이 피어나 은은한 향기를 온 사방에 전하니, 매화는 정말 고귀하고 맑은 마음을 지닌 기품 있는 꽃인 게 틀림없다.

나무와 꽃들도 생각이란 걸 하고 텔레파시로 서로 이야기를 주고받는다는 것을 어디선가 읽은 적이 있다. 사이가 좋은 나무나 꽃들은 서로를 바라보면서 가지를 뻗거나 꽃이 핀다고 한다. 게다가 사람들이 하는 이야기를 다 듣는다고 하니 정말 신기하지 않은가. 꽃에 많은 식견을 지닌 한 지인은 매화의 애잔한 전설도 전해주었다.

어느 도공이 결혼을 앞두고 약혼녀가 죽었다. 그는 너무 슬퍼 아무 일도 할 수 없었다. 어느 날 약혼녀가 그리워 그녀 무덤에 갔더니 그곳에 매화나무가 한 그루 돋아나 있었다. 그것을 자기 집 마당에 옮겨 심고 매화나무를 그녀라 여겨 정성스레 가꾸었다. 세월이 흘러 도공이 죽자 매화나무에 휘파람새가 앉아 슬피 울었다. 사람들은 그 휘파람새가 죽은 도공의 넋이라고 하였다. 그래서 매화나무에는 지금도 휘파람새가 따라다닌다는 것이다. 매화 이야기를 전해준 지인은 지금도 자신이 휘파람새라고 여긴다며 멋진 표정을 짓곤 한다.

누구는 생각은 하기 나름이고 마음은 먹기 나름이며, 희망은 품기 나름이라고 하지 않던가. 슬픔은 잊기 나름이고, 갈등은 풀기 나름이며, 추억은 담기 나름이라고 하니, 우리네 삶 가운데 가장 중요하다고 여기는 사랑은 바로 주기 나름일 것이지 아니하겠는가.

미움 안경을 쓰고 보면 똑똑한 사람은 잘난 체하는 사람으로 보이고, 착한 사람은 어수룩한 사람으로 보이고, 얌전한 사람은 소극적인 사람으로 보이고, 활력 있는 사람은 까부는 사람으로 보이고, 잘 웃는 사람은 실없는 사람으로 보이고, 예의 바른 사람은 얄미운 사람으로 보이고, 듬직한 사람은 미련하게 보인다고도 한다. 그것을 뒤집어 사랑 안경을 쓰고 보면 잘난 체하는 사람은 참 똑똑해 보이고, 어수룩한 사람은 참 착해 보이고, 소극적인 사람은 참 얌전해 보이고, 까부는 사람은 참 활기 있어 보이고, 실없는 사람은 참 밝아 보이고, 얄미운 사람은 참 싹싹해 보이고, 미련한 사람은 참 든든하게 보일 터이니. 살아가면서 시력이 약해진다고 해도 늘 사랑 가득한 마음을 담아서 사랑 안경으로 세상을 바라보고 살아야 하지 않을까.

만물이 소생하는 봄이다. 이 봄에는 서로에게 매화가 향기를 전하듯 날마다 작지만 알찬 하루치의 행복을 은은하게 느끼고, 삶의 여유를 찾아봄이 좋을 것 같다. 상처받은 마음을 치유할 수 있도록, 짧은 봄이 우리 곁에 머무르는 순간만이라도 잠시 상상의 나래를 펴가며 꽃놀이를 해보는 것이 어떨까.

# 동백의
# 꽃말처럼

——

맑은 햇살이 비친다. 강물이 겨울의 차가움을 잊은 듯 반짝이며 흐른다. 길가에 늘어선 나뭇가지 끝에는 어느새 녹색이 묻어난다. 눈뜨면 달려나가던 길에서 벗어나 연수차 타지로 향한다. 가보지 않은 길, 색다르게 달리는 행선지가 새로운 활력이 될 것이라 믿어본다. 한적한 길에 서자 빨간 동백꽃이 노란 손을 흔들어 인사한다. 삭막한 겨울이 빨리 지나가기를 바라서 만들어 붙여 놓은 것은 아니겠지. 영하의 아침을 벗어나 잠시 올라간 낮 기온에 피어난 철없는 개나리도 눈에 띈다. 한참 남아있을 차가운 눈바람, 저 여린 꽃잎이 잘 견뎌낼 수 있을까. 진홍의 꽃으로 피어나 천진하게 하늘바라기를 하는 그들을 보며 코끝에 가득할 봄 향기를 그린다.

　열띤 강의에서 귀한 빛을 얻는다. 빛나는 꽃을 발견하고자 기를 모은다. 문득 한 아이의 얼굴이 어른거린다. 언제 어디서나 나만 눈에 띄면 쏜살같이 달려와 덥석 안기던 녀석이 언젠가부터 온몸으로 우울함을 표현한다. 부모가 한마디라도 거들면 눈을 부릅뜨고 소리 질러대어 속으로 남한의 김정은인가? 의아해할 정도다. 배우는 기쁨으로 고생을 버텨내었다는 부모의 눈에는 철없기 그지없는 녀석일 뿐이다.

　머리가 아프고 속이 울렁거린다며 심심치 않게 병원을 찾는 아이, 여러 검사에도 별 이상이 없다. 부모의 사랑이 부족한가 생각도 해보았지만, 나의 우려와는 달리 부모는 아이 말이 떨어지기 무섭게 다 들어주는 편이라고 한다. 부족은커녕 넘쳐 걱정할 정도라니.

　머리 아프고 기운 없다던 아이가 어머니와 내가 이야기 나누는 틈에 스마트폰을 꺼내 든다. 게임을 시작하자 눈을 깜빡이지도 않는다. 식구가 다 같이 모여 맛난 것 먹고 두런두런 이야기꽃 피우며 화목하게 지내는 것이 소원이라는 부모, 제발 누구의 간섭도 받지 않고 실컷 잠자고 하고 싶은 것 마음껏 하면서 지내고 싶다는 머리 굵어진 애어른, 그들의 숙제는 어찌하면 풀릴까. 부모로서는 때론 너무나 변해버린 아이가 내 자식이 맞나 싶을 때도 있다니.

원인은 잠의 부족일 수도 있다. 우리가 눈을 감고 빛을 차단해 주는 시간이 있어야 잠으로 이끄는 호르몬 멜라토닌이 나오게 된다. 눈 감을 시간도 없이 훤한 대낮 같은 빛에 노출되어 있으니 멜라토닌이 분비될 시간이 없어 불면의 밤을 보내곤 한다. 일찍 학교 가야 하고 종일 공부하고 늦은 시각까지 학원에 머문다. 밤이 되면 힘이 빠져 흐느적거리게 된다는 그 녀석의 눈을 들여다보면 측은하다.

부모가 잠든 한밤중이면 간섭할 사람이 없으니 그제야 생생한 눈빛이 되어서 좋아하는 게임과 채팅으로 정신없이 친구와 소통하는 즐거움을 맛본다는 아이. 그런 일정으로 살다 보니 잠 못 자고 방전된 에너지를 충전하게 되는 시간이 없는 것이다.

자신의 이야기를 들어주는 이가 있음을 다행으로 여겼는지 아이는 밤낮으로 얼마나 열심히 살고 있는가 신이 나서 말을 해댄다. '상상의 청중' 앞에 선 연극배우처럼 멋진 포즈까지 잡는다. 머리 아파 병원 온 아이가 맞을까 싶을 정도다. 자신의 판단만이 절대적으로 옳고 부모를 잔소리꾼으로 여기는 태도다. 어쩌겠는 가. 혹독한 겨울을 이겨내야지 더욱 아름답게 꽃을 피우는 동백처럼 꽃으로 피어나려는 몸부림인 것을.

'그대를 누구보다도 사랑합니다.' 동백의 꽃말이 떠오른다. 언젠가는 저 여드름투성이 녀석도 동백화처럼 멀리 향기를 피우는 든든한 나무로 자라지 않으랴. 믿어주고 기다려주는 만큼 성장하는 것이 우리 아이들이지 않던가. 문인 이규보는 '복사꽃 오얏꽃 비록 아름다워도/ 부박한 꽃 믿을 수 없도다/ 소나무와 동백에는 아리따운 맵시 없지만/ 추위를 견디기에 귀히 여기도다/ 여기에 좋은 꽃 달린 나무가 있어/ 눈 속에서도 능히 꽃을 피우도다' 라고 읊었다.

동백이 추위를 뚫고 꽃등을 환하게 밝히고 있다. 한겨울에도 봄을 밝히려 애쓰는 동백처럼 휘몰아치는 감정의 소용돌이를 이기고 아름다운 꽃을 피우려 몸부림치는 우리 희망을 너그러이 지켜보아야 하리라. 봄이 가까이 다가오고 있다. 매혹의 꽃 동백은 겨울보다 봄에 흔한 꽃이 아니던가. 춘삼월에 기지개를 켜기 시작한다고 하여 동백을 춘백으로 부르는 이도 있으니.

설렘으로 봄을 기다리자. 머지않아 봄은 우리 곁으로 찾아올 것이리라. 희망의 등불을 켜고 꿋꿋이 기다리는 이들에게는.

# 운수
# 대통

설레는 날이라는 설날이 지났다. 한 살 더 먹었으니 왠지 달라져야 할 것 같은 느낌이 든다. 찬 바람이 뺨에 닿아도 머지않아 봄이 찾아오리라 생각하니 기분마저 상쾌해진다. 타이어의 신선함을 마음으로 가늠하며 출근길에 오른다.

설날 당직 근무를 서던 때가 떠오른다. 고향 앞으로 마음부터 달려가는 명절이지만, 누군가는 아파서 급하게 병원을 찾게 되지 않던가. 내가 근무하는 병원은 '시민의 병원'인 공공병원인지라 명절 연휴에 문을 열기로 했다. 명절이면 환자들이 많이 찾게 되는 내과와 소아청소년과가 설날 당일 오후와 설 이튿날 오전 진료를 하기로 했다. 배탈과 열나는 환자들의 치료를

도와주기로 하다 보니 누가 근무할 것인가를 두고 상
의해야 했다.

그 순간 문득 올해는 가장 오래 근무한 내가 자원
해서 근무해 보자는 마음이 들었다. 일찍 차례를 올리
고 식구들과 세배하고 나서 얼른 정리하고 나오면 되
지 않으랴. 거의 평생 한 직장에서 근무하였던 선배였
기에 그렇게 하는 것이 당연한 도리인 듯 생각되기도
하였고, 또 나를 찾아와 명절에도 집에 못 가고 누워있
는 환자들에 대한 예의인 것도 같아 혼자 그리 마음먹
었다. 그러자 후배 동료들은 왜 그리 사서 고생을 하려
하느냐. 반나절씩 나누어서 근무하면 좋지 않으냐. 여
러 가지 안이 오갔지만, 이번만은 무조건 '근무하는 사
람은 근무! 쉬는 사람은 눈감고 푹~! 쉬기'로 하자고
우겼다.

설날 새벽, 비행기가 연착되었다며 명절 쉬러 오는
아이들의 도착이 지연되었다. 이제나저제나 하며 기다
린 것이 새벽 4시. 문을 열고 들어오는 아이 눈이 안쓰
럽기 짝이 없었다. 얼른 잠자리에 들도록 이것저것 챙
겨주고는 잠깐 눈을 붙였다. 그런 후 아침 일찍 일어나
차례를 지내고 근무를 위해 얼른 나섰다. 차를 몰고 병

원으로 오는 길이 왠지 자꾸만 울퉁불퉁해 보이는 것이 몸에 피곤이 쌓인 듯해 창문을 내리고 찬바람을 들이켰다. 초록으로 바뀌는 신호를 보며 차를 몰아 코너링하는 찰나, 쿵~! 바퀴가 도로의 턱에 닿는 것이 아닌가. 매일같이 다니는 길을 급한 마음에 너무 붙여서 돌았던 모양이었다. 핸들을 빠르게 풀어 바로 하며 주차장으로 향하였다. 환자들이 몰려올 것 같은 마음에 살필 겨를도 없이 내려 가운을 입고 진료를 시작했다.

배 아픈 환자, 머리 아픈 아이, 구토 설사에 눈이 빠끔해진 이들을 진료하며 오후 시간이 어찌 갔는지 모르게 흘렀다. 마지막 환자를 보고 나서니 벌써 사위는 깜깜해져 있고 싸늘한 기운이 뺨을 때렸다. 집에 기다릴 나의 아이들을 생각하며 액셀을 밟았다. 하지만 차의 속도는 나지 않고 덜커덩덜커덩! 무언가 둔탁한 것이 굴러다니는 소리가 들리는 것이 아닌가. 차를 세워서 살펴야만 하는데 도로에는 명절이라 차들이 줄지어 늘어서 있어 세울 수가 없었다.

한참을 그런 모양새로 달려 한적한 곳에 세우고 내려서 보니 조수석 뒷바퀴 옆면이 찢어져 속이 보이고 완전히 짜부라져 있는 것이었다. 아뿔싸. 주차장에서

낌새를 알아차리고 확인을 했더라면 좋았을 것을. 어쩌랴. 긴급출동서비스를 호출하여 상황을 설명하니 타이어 펑크가 심하게 난 상태라서 견인해야 하고, 그것도 그냥 끌어서 되는 것이 아니라 차체를 통째로 차에 실어서 옮겨야 한다는 것이 아닌가. 날은 춥고 바람은 차고 인적은 드문 한적한 길가에서 커다란 트럭이 도착할 때까지 기다리는 동안 오만 가지 생각이 오고 갔다. 좋게 생각해야지. 액땜이지 않으랴. 정월 초하루, 올해 모든 안 좋은 일은 이 한 가지로 모두 다 땜하지 않겠는가.

설날, 남편은 근무하는 아내를 대신해 식구들을 데리고 성묘하러 갔다가 밀리는 길 위에서 집으로 향하고 있다고 한다. 달려와 줄 수 없는 상황이었지만, 그래도 시시때때로 전화하여 위로의 말을 건넨다. 운! 수! 대! 통! 할 것이라고.

커다란 트럭을 몰고 오신 견인차 기사분은 아침 차례만 지내고 나와서 종일 근무 중이라면서도 웃는 얼굴을 하고 계신다. 사람 사는 것이 다 그런 것 아니냐! 시며. 하루하루 충실히 살다가 하늘에서 부르면 가는 거죠! 라고 하신다. 어디로 가야 할까, 이 명절 휴일에 펑크를 때우는 곳이 있기나 할까? 싶었지만, 하루 24시간 365일 하는 곳이 있다는 것이 아닌가. 언제나 웃음으로 일하기에 '스마일'이라는 상호를 붙인 타이어 집. 부자父子가 하루도 쉬는 날 없이 일한다는 그곳에서 도로의 턱에 걸려 찢어진 뒷바퀴뿐 아니라 이참에 네 바퀴를 완전 새것으로 다 교체해 버렸다. 이때 아니면 언제 그분들께 웃음 짓게 할 수 있으랴 싶어서. 68만 원을 송금하며 그도 스마일, 나도 스마일, 우리 모두 스마일! 할 수 있는 한 해가 되기를 바라본다.

# 왕 빼
## 언니

추위가 한풀 꺾였다. 따스해질 봄날을 기다린다.
홍역 환자가 치료받는 병원이라는 소식 때문인지 외래
진료실이 한산하다. 하늘을 올려다보면 추운 날 보던
색깔은 오간 데 없고 온통 희뿌옇다. 먼 산은 회색빛
먼지로 가려져 있다. 우리 전통적 겨울 날씨를 뜻하는
'삼한사온'은 이제 멀리 사라져버렸는가. 사흘은 춥고
나흘은 온통 미세먼지뿐 아니라 초미세먼지로 희뿌연
공기를 들이켜며 콜록대고 있다. 올겨울 유난히 차가
운 북풍이 부는 가운데서도 미세먼지는 기승을 부리며
우리의 건강을 위협하려 들었다.

뿌연 하늘로 마음까지 가라앉는 날. 봄의 전령이
벌써 달려왔던가. 기쁜 선물이 당도했다. 홍릉 숲의 복수초福壽草가 노란 꽃잎을 피웠다는 소식이다. 복수초라면 그냥 복수혈전이 떠오른다. 하지만 한자로는 福(복 복) 壽(수명 수) 草(풀 초)를 쓰니 복과 장수를 기원하는 봄꽃이 아니겠는가. 혹독한 추위를 뚫고 가장 먼저 꽃을 피우는 그, 먼지 자욱한 겨울 한복판에서 눈과 얼음을 뚫고 연약한 고개를 내밀었나 보다. 복수초는 향광성이라 아침에는 꽃잎을 닫았다가 볕이 날 때에 활짝 피어난다고 한다. 노란 꽃잎 표면에 햇빛이 반사되면 열이 약간 발생하면서 꽃 윗부분의 눈을 녹인다니 눈과 얼음조각이 남은 모자 쓴 복수초 모습, 보는 것만으로도 마음이 맑아온다.

복수초는 꽃이 황금색 잔처럼 생겼다고 측금잔화側金盞花라고도 부른다. 눈 속에서 꽃이 핀다고 하여 설연화雪蓮花, 얼음 사이에서 꽃이 핀다고 하여 빙리화氷里花, 얼음꽃, 설날에 꽃이 핀다고 하여 원일초元日草라고도 부른다. 복과 장수라는 이름에 걸맞게 꽃말은 '영원한 행복', '슬픈 추억' 이다. 이웃나라 일본에서는 '새해 복 많이 받고 장수하라.' 는 의미로 복수초를 선물하기도 한다니. 마음까지 얼어붙는 겨울에 그리운 이의 선물로는 따스함을 가져다주는 복수초보다 더 귀한 선물이 어디 있으랴.

마음을 추스르며 진료를 하는데, 호흡기가 약해 늘 골골대며 쌕쌕거리는 어린아이가 문 앞에서 빠끔히 눈을 들이민다. 외래 진료실에 올 때면 누구보다 먼저 큰 소리로 인사하며 똑똑하게 행동하던 아이였기에 가만 있는 그 아이가 신기하여 물었다. 그러자 그 아이가 되레 묻는다. "선생님은 왕언니죠?" 하는 것이 아닌가. 나는 순간적으로 "왕! 빼!"라고 답하였다. 그러자 아이는 "왕 빼 언니"라고 부르는 것이 아닌가. 순간 옆에 있던 아이의 엄마가 간호사와 함께 박장대소하는 게 아닌가. 그래 나는 '왕 빼 언니' 맞아.

호칭을 떠올릴 때면 인터넷에 있던 우스개가 생각난다. 어느 할머니 셋이 모여 이야기를 나누고 있었다. "우리 며늘아기가 그러는데, 예수님이 돌아가셨다고 하더라." 그러자 다른 친구 할머니가 "왜 어떻게 돌아가셨다고 해?"라고 물었다. "못 박혀서 돌아가셨다고 하는 것 같어." 이때 아무 말이 없던 할머니가 "예수님이 누구야?" 하고 되물었다. "우리 며느리가 아버지 아버지 하면서 사는 것 보니 사돈 양반인가 봐." 했다던가.

우스갯소리지만 대가족에 대한 호칭은 복잡하기만 하다. 진짜 며느리의 아버지라면 사돈양반일까? 사돈 어른이라고 하는 것이 맞을까? 사돈査頓이란 서로 혼인 한 남자와 여자 측의 인척 관계를 일컫는다. 사돈은 같은 세대인 동성 간의 호칭이다. 그러기에 아버지끼리 어머니끼리는 그냥 '사돈'이다. 하지만 같은 세대라도 이성의 사돈이나, 동성이라도 자기보다 10년 이상 연상이면 조금 높여 '사돈어른'으로 예우해 부른다. 이성의 사돈은 나이와 무관하게 '사돈어른'으로 예우해 부른다. 특히 여성 사돈을 '사부인'이라고 한다.

사돈은 피와 살이 섞이지 않았기 때문에 분명 남이지만, 아들과 딸을 주고받은 특수한 관계로 항렬과 같이 세대의 위계가 정해진다. 그 위계를 '사행査行'이라한다. 시집보낸 딸 부모의 입장에서 보면 딸의 시부모는 사행이다. 딸의 시조부모는 한 단계 윗사행이고. 아랫사행의 사돈이라면 사돈양반(사돈총각·기혼 남성), 사돈 총각(사돈도령·미혼 남자) 또는 사돈처녀(사돈아가씨·미혼 여성)·사돈아기씨(사돈아기·어린 사돈에 대한 칭호)로 부른다. 사돈양반은 윗세대가 아닌 사돈총각이 혼인하면 예우해 부를 때 쓴다.

사돈의 '사査'는 '살필 사'이며, '돈頓'은 '머리 꾸벅거릴 돈'이라고 한다. '삼가 조심스럽게 살피면서, 머리를 꾸벅거릴 사람'이 사돈 사이인가 보다. 왕언니라고 부르려다가 '왕'자를 빼라고 하니 '왕 빼 언니'라 부르는 아이처럼 호칭을 올바르게 사용하는 것은 사돈 관계처럼 조심스럽고 참 어려운 일일 것 같다. 그래도 서로를 부를 때는 정겹게 예의를 갖추어서 부르면 더 품위 있고 좋지 않으랴.

## 애어가

봄날처럼 기온이 풀렸다. 움트는 나뭇가지에서 까치들이 노래를 부른다, 멋진 인생이라고.

문을 여니 자그마한 어항, 백열등 불빛 아래 형광 줄무늬 물고기인 네온테트라가 떼 지어 몰려다닌다. 술을 좋아하는 이는 애주가, 담배를 즐기는 이는 애연가, 관상어를 사랑하는 이는 '애어가'라고 부른다고 하던가. 네온테트라는 정말 군무의 대가다. 수백 마리가 먹이를 조금 주기만 해도 즉시 대열을 맞추어 다니며 먹는 광경이 그야말로 예술이다.

부슬부슬 비가 내리는 날, 사춘기 증상을 보이는 아이와 자주 다투던 가족이 성조숙증 검사를 위해 방문하였다. 아이는 잔뜩 짜증 난 얼굴이고, 부모는 화를 억지로 누르는 표정이 역력하다. 어색한 분위기에 당황하여 나는 아이가 혹시 물고기를 좋아할지도 모른다 싶어 진료실 안 어항을 가리켰다. 어항을 발견한 아이는 활짝 핀 얼굴로 그곳으로 다가가는 것이 아닌가.

"구피다, 구피." 하더니 "이 수초, 살아있는 거예요?" "고기 밥은 얼마나 주나요?" 질문이 쏟아진다. 갑자기 터진 아이의 질문 세례에 그의 부모는 서로를 멀뚱히 바라보고 서 있다. 집에선 두문불출, 묻는 말엔 대답도 하지 않으며 매사 무관심이던 아이가 저렇게 스스로 질문해 대는 모습을 보게 되다니…. 진찰이나 검사는 차치하고라도 아들이 저렇게 관심을 가지는 것이 있다는 사실에 감격한다는 게 아닌가.

언젠가 어린아이가 젊은 아버지 어머니와 함께 진료실을 찾은 적이 있다. 아이가 물었다. "아빠 이게 뭐야?" 그러자 아빠가 확실한 어조로 대답했다. "생선이야." 그러자 아이는 "아빠, 그럼 여기서 낚시하면 되겠네? 아침마다 생선 잡으러 나가지 말고?" 아이의 날카로운 공격에 아빠는 옆에 서 있던 엄마의 눈치를 이리저리 보면서 "으으응, 그래도 되겠~네~."라고 얼버무렸다. 그랬던 모습이 떠오른다.

정말 '애어가'였던 아버지의 영향으로 집 안에는 늘 커다란 어항이 거실에 자리를 차지하였다. 그 모습이 익숙하다 보니 병원 진료실에도 항시 작은 물고기 어항을 두고 아이들을 진찰하였다. 그들에게 살아있는 생물체를 보면서 병원에서 느끼는 마음의 불안이나 걱정을 조금 덜어주면 좋지 않을까 싶어서이다. 아이들은 대개 물고기에 대한 관심을 보이고 수초를 만지며 물이 움직이는 원리가 무엇인지 묻기도 하면서 신기해했다. 집에 어항을 갖고 싶다고 말하는 아이들도 있었지만, 고개를 흔드는 부모가 많았다.

그것은 어쩌면 선택의 문제가 아니겠는가. 아이에게 물고기를 길러보면서 그 뒤처리를 하는 과정을 즐겁게 동참하게 할 것인지, 아니면 귀찮은 것은 아예 하지 않고 감상하려면 수족관이나 대형 마트에 전시된 어항에서도 충분하다고 생각할는지 모르겠다. 그 사소한 것도 선택의 문제일 터이다.

요즈음 들어 변화가 많다. 점심시간을 함께하던 동료가 며칠째 보이지 않았다. 아픈가 싶어서 소식을 물어보니 '은 따, 스 따' 곧 은근한 따돌림, 스스로 따돌림을 즐기고 있다는 것이 아닌가. 올해의 경향이라고 하는 '조모(JOMO: Joy of missing out)', 말하자면 스스로 은둔하여 자기만의 시간을 오롯이 즐기고 있었다는 게 다. SNS가 활발한 시대에 두려운 것이 바로 '포모(FOMO: fear of missing out)' 라고 하지 않던가. 잊히는 것이 두려워 남의 소식을 궁금해하고 자주 다른 이들의 블로그에 접속해 댓글을 적으며 살고 있는 이들이 많다는 것이다.

코로나19 환자가 발생하여 서로 간에 거리 두기 한 지도 벌써 해가 넘어갔다. 그러다 보니 어느새 혼자만의 시간을 즐기는 것에도 나름의 즐거움을 느끼게 되는가 보다. 요란한 사건만이 인생의 방향을 바꾸는 것은 아닐 것 같다. 어쩌면 결정적인 순간은 정말 믿을 수 없을 만큼 사소할 수도 있을 터이니.

거리 두기 하면서 지내는 이런 시기에 관상어 애호가, 애어가愛魚家가 되는 것도 나쁘지 않을 듯하다. 애어가는 공용어나 표준말은 아니지만, 현재 우리나라의 관상어 애호가들이 자신을 부르는 친근한 말로 널리 사용하고 있다.

애어가라면 어항의 물도 수돗물로 그냥 갈아주는 것이 아니라 받아서 수 시간에서 며칠간 놔두었다가

묵은 물로 만들어서 사용한다. 수돗물로 바로 물갈이 하게 되면 수돗물 속에 있는 염소 성분에 의해 물고기가 쇼크를 받을 수 있어서다. 이 쇼크가 누적되는 것으로 알려져 이를 막기 위해 물을 받아두고 염소를 증발시킨 물인 묵은 물로 갈아주어야 한다.

무엇을 사랑하고 안 하고는 선택의 문제일 것이다. 일단 선택하게 되면 그를 위해 부지런하게 몸을 움직여서 사랑하는 대상을 위해 나름의 노력을 보여주어야 하지 않을까. 인생은 우연이 감독이라는 말도 있듯이.

황홀한 색조로 잔뜩 뽐내며 흥겹게 몰려다니는 네온테트라를 보며 언젠가 우리도 저렇게 아름다운 시절로 돌아갈 수 있는 날이 오기를 손꼽아 기다린다.

# 모든 것은
# 다 때가 있다

우산 위에 떨어지는 빗방울 소리 들으며 길을 나선다. 차에 오르기 전, 고인 물웅덩이에서 쉴 새 없이 튀어 오르는 물방울을 바라보며 생각했다. 미국으로 향하는 아이의 이삿짐 정리를 위해 하루 휴가를 얻어 진료를 쉬었으니 오늘은 기다린 환자로 얼마나 붐빌 것인가. 오늘의 할 일과 챙겨야 할 것을 주르륵 마음으로 챙기며 일터로 향한다.

입추가 지나고 나니 가을로 접어든 듯해 시원해 온다. 정말이지 요즈음만 같으면 살 만한 세상이라는 인사를 종종 나눌 정도다. 머잖아 물러갈 더위라 확신하니 기분까지 상쾌하다. 무덥고 후덥지근한 더위도 겨울 한풍이 몰아치는 날이면 또 그리워지지 않으랴. 지

나간 것들은 되돌아보면 추억이 되어 떠오르곤 할 것
이니.

비에 씻기는 도로만큼이나 말끔한 기분으로 병원
로비에 들어선다. 좋은 아침이다. 모두 반갑게 인사를
나누는 살가운 얼굴들 사이로 초등학교 4, 5학년 또래
의 아이가 섞여 앉아 있다. 특히 호기심 가득한 눈망울
이 인상적인 남자아이 옆에 한 어른이 걱정스러운 얼
굴로 서 있다. 유독 그 아이가 눈에 꽂혀서 진료하는
중간 중간 그의 순서를 체크해 봐도 그의 순서는 점심
때가 되어야 진료 의자에 앉을 것 같다.

하루를 시작할 때, 처음 만나는 화사한 얼굴로부터
좋은 기운을 듬뿍 얻지 않았던가. 자꾸만 떠오르는 그
학생의 얼굴, 드디어 순서가 되어 진찰을 해보니 성장
호르몬 결핍의 증상이 다 드러나는 신체이다. 고등학
생이 되어도 목소리 하나 변하지 않고 사춘기의 신체
변화도 거의 없는 아직 어린 초등학생의 신체다. 부모
는 그 아이가 잘 자라는지 유치원 들어가기 전에 한 번
진찰하였다고 한다. 그때는 아직 많이 어리니 잘 먹이
고 잘 키우면 쑥쑥 자라겠다고 들었다. 열심히 공부하
는 아이 뒷바라지하면서 자라기를 기대하였지만, 고등

학생이 되어도 아직도 잘 자라지 않는 아이를 데리고 이제야 병원을 찾은 모양이다.

방학이 되니 청소년들이 많이 찾아온다. 그동안 공부하느라 바빠 자신의 신체 건강이 어떠한지도 잘 체크하지 못하고 지내던 이들이다. 한동안 잘 자라더니 요즘 자라지 않아 찾아왔다는 아이, 체중이 많이 불어나서 무기력하고 아무것도 하고 싶은 것이 없다는 이, 신체가 고장 난 것은 아닌지 검사 한 번 해봐 달라는 아이 어머니, 키 크는 데 좋다는 것은 다 해먹인 것 같은데 키가 크지 않는다며 재수하는 아들을 데리고 온 키 작은 아빠. 안타까운 표정으로 기다리는 얼굴이 가득하다.

방학, 언제나 들었듯이 학업에서 잠시 벗어나 다시 힘차게 앞으로 달려나갈 때를 대비하여 신체를 점검하고 부족한 부분을 보충한다는 의미의 휴식이지 않은가.

방학은 자라나는 아이들에게는 무엇보다 중요한 때이다. 방학 동안 자신의 부족한 부분, 신체뿐 아니라 정신적인 면에서도 충전해 두지 않으면 학기 중에 숨 쉴 틈 없이 돌아가는 학업 스케줄을 따라가지 못할 것이다.

가끔 정신과 몸이 지칠 대로 지쳐 입원하는 고학년 아이들은 바라보면 참으로 측은한 마음이 든다. 키 크고 마음이 자라는 청소년기에서는 절대로 놓쳐서는 안 되는 성장의 '때'가 있다. 언젠가 개그 프로에서 우스갯말로 하지 않던가. 우리 인생에서 가장 중요한 한 단어를 대라면 무엇일까? 바로 '때'라고 답하지 않던가.

"사람은 모두 때가 있다." 세신사라 불리는 목욕탕 때밀이가 했다는 그 말이 진리인 것 같다. 성장의 시기를 다 놓치고서 자라지 않는다고 찾아와 눈물짓는 이들이 참으로 안타깝다. 이런 정도일 줄은 몰랐다며 하염없는 눈물을 흘리는 학생의 어머니, 그녀를 다독이며 아직은 성장판이 열려 있으니 너무 상심하지 말고 치료해 보자는 말로 위로한다. 시간이 지나면 강산도 변한다는 말이 있지만, 그래도 변하지 않는 것은 '모든 것은 다 때가 있다.'는 말이 아니겠는가.

"두려움은 어둠으로 가는 길이다. 두려움은 분노를 만들고, 분노는 미움을 만들고, 미움은 고통을 만든다." 영화 스타워즈 '요다'의 말이다. 요즈음 같은 '때'에는 한 박자 쉬어가면서 진정 자신에게 필요한 것이 무엇인지 살펴보아야 하지 않을까 싶다.

인디언들은 말을 타고 광활한 평야를 달리다 말에서 내려 한참 뒤를 바라본다고 한다. 너무 빠르게 달려왔기에 '혹시 자신의 영혼이 따라오지 못했을까' 라며 잠시 멈추어 기다리는 것이란다. 어지러운 마음을 가다듬고 어딘가에 떨궈져 있을지 모를 '자신이 정말 원하는 것' 을 살펴볼 시점이다.

때때로 삶의 작은 쉼표를 찍어가면서 모두 여유롭게 잘 살아가기를 소망한다.

# 고난의
# 깊이를 아는

　안개 낀 아침이다. 일기가 궁금하여 창문을 활짝 열고 밖을 내다본다. 머잖아 봄이 올 것만 같은 분위기다. 창틈으로 들어오는 바람을 가슴으로 들이켜며 사방을 둘러본다. 목련 나뭇가지에는 겨울을 무사히 넘기고자 작은 꽃망울들이 단단하게 매달려 있다. 빨간 산수유 열매들은 몸피를 줄여가며 변치 않는 사랑의 결실로 맺혀 가지를 지키고 있다. 대지에 따스한 기운이 돌 때면 누구보다 먼저 샛노란 꽃망울을 달고서 봄맞이를 할 것이리라.

　모처럼 아침을 느긋하게 즐기며 베란다 꽃밭을 살펴보다가 빨갛게 피어난 앙증맞은 꽃을 발견했다. 어느 봄날, 아이가 집을 떠나면서 두고 갔다. 언제 어느 틈에 피어나 예쁘게 손짓하고 있다. 떠나면 고생이 많을 것이라는 나의 염려에 답이라도 하듯이 두고 간 아이의 선물은 '고난의 깊이를 안다.' 는 꽃말을 가졌다는 꽃기린이었다.

줄기에 가시가 있어선지 '예수님의 꽃' 으로 알려져 있고 꽃이 솟아오른 모양이 기린을 닮았다고 하여 꽃기린이라는 이름이 붙었다. 작은 깔때기 모양의 붉은 꽃이 수시로 피어나 웃음 짓게 한다. 줄기에 있는 성성한 가시가 십자가에 못 박힌 예수그리스도의 가시면류관을 상징하는 것이라는 꽃. 색깔이 붉은 꽃은 보혈, 흰 꽃은 성결, 노란 꽃은 영광을 의미한다는 꽃기린, 남쪽에서는 그런 심오한 의미를 담은 꽃이기에 부활절 꽃꽂이에도 많이 쓴다고 하지 않던가.

가늘고 길게 뻗은 가지는 기린의 목을 닮았다. 온몸에 억센 가시가 많아 고난의 깊이를 속속들이 느낄 것 같은 형상이다. 잎은 구둣주걱처럼 생겨서 얼마나 튼튼한지 모르겠다. 봄에 피기 시작한 꽃이 여름은 지나 가을을 밝히더니 지금 한겨울의 추위도 아랑곳없이 깔때기 모양의 붉은색 꽃을 매달고 있다.

송이송이 피어난 꽃들이 안부를 전하는 듯하다.

"걱정하지 마세요. 언제 어디서든지 어떤 고난과 힘든 일이 있더라도 꽃을 피우며 아름답고 건강하게 생활할 게요~!"라고. 모여서 피어나다가 또 한 가지에 하나씩 따로 달리는 꽃, 늘 피어나는 그 꽃이 아이의 굳은 의지를 보는 듯하여 고맙다. 원산지로 알려진 마다가스카르를 떠나 열대 사막 아닌 이곳에서 추위와 더위와 가뭄을 견디며 변함없이 꽃을 피워 올리는 꽃기린을 보면서 밝게 살려고 노력하는 아이들, 힘든 환경에서도 늘 긍정적으로 생활하는 사람들의 이름을 불러본다. "꽃기린~ 우리 아기들 잘 지내지?"

꽃은 우리들의 인생사와 닮은 것 같다. 속으로 단단한 가시를 품어가면서도 열심히 노력하여 피어나기를 희망하면 끝내 꽃을 피우고야 말지 않으랴. 세상 모든 것은 언젠가는 꽃을 피워내는 황금기가 있지 않겠는가. 나름의 방식대로 자기 속도에 맞추어 부지런히 물길을 찾아 뿌리 내리다 보면 언젠가는 꽃으로 피어나 자신의 화려한 인생살이를 경험하고는 만족의 웃음을 띠지 않을까.

오래전 수련의로서 생활하던 시절을 떠올리면 잊히지 않는 선배가 있다. 그분은 우리 인턴들이 일에 서

툴러 이리저리 뛰어다녀도 시킨 일을 잘 못 해내면 불러서 똑같은 어조로 다시 시키곤 하셨다. 절대로 화내는 법이 없었다. 다른 급한 일을 하다가 또 잊어버리면 다시 부르셨다. 이번엔 불호령이 떨어질 것이라 단단히 각오하고 울상을 하고 그 앞에 서면 그분은 처음에 부탁하시던 목소리 그대로 또 처음 지시하듯 그대로 다시 이야기하셨다. 불호령이 떨어지지 않고 조곤조곤한 목소리로 다시 해오라는 명령을 듣고서 문 앞을 나설 때면 화내지 않은 그분의 얼굴이 눈앞에 대문짝만하게 그려지곤 하였다.

소리 지르고 다그치지 않아도 그분의 목소리는 귓전에서 카랑카랑 맴돌았다. 마음으로는 얼마나 속이 상했을까. 일 잘 못하는 인턴 선생을 혼내지 못하고 답답해서 속이 터졌을 법도 한데 그분은 늘 평온한 얼굴로 그 일을 성취하게 부추겨주셨다. 꽃기린을 보면 왠지 그분의 마음속 인내가 떠올라 남다르게 느껴진다. 언제나 사랑으로 살아가기를 소망하면서 예수님의 가르침을 가슴에 새기던 성탄절 아침의 느낌처럼, 꽃기린을 보면서 고난의 깊이를 가늠해 본다.

꽃이든 풀이든 인간이든 죽을 때까지 어느 한순간

은 가장 왕성할 때가 있지 않겠는가. 모두 한때가 찾아올 것이다. 꽃기린을 보면서 고난의 깊이를 간직한 꽃, 예수님의 꽃이라는 의미를 새긴다.

춥고 황량한 겨울에 피어난 붉은색의 꽃기린이 실내를 화사하게 밝힌다. 고난의 깊이를 안다는 꽃, 꽃기린처럼 우리네 인생살이에는 늘 희망의 불이 켜지면 좋겠다.

# 하나의 세계
- '*ONE WORLD: TOGETHER AT HOME*'

하얀 쌀밥 같은 꽃들이 거리에 나부낀다. 잔뜩 흐린 하늘이지만, 살랑대는 그늘 손짓에 기운이 난다. 당직을 서는 날이라 단단히 채비하고 길을 나선다. 어떤 추위가 닥쳐도 괜찮도록 짧은 여름 반소매부터 긴 가디건까지 겹겹이 걸치고 바바리코트에 머플러까지 둘렀다. 이 정도면 봄의 따스함도 여름의 더위도 가을의 써늘함도 한겨울의 추위도 이겨낼 준비가 다 되었다. 우리 인생의 하루엔 어떤 일이 닥쳐올지 모르니 미리미리 다독이는 수밖에 도리가 없지 않은가.

선별진료소에서 하루를 지내다 보면 찾아오는 이들의 차림새가 각양각색이다. 하루 사이에 사계절이 다 들어 있는 것 같다. 아침, 저녁은 가을 차림새로 가

벼운 스웨터를 걸치고, 낮에는 짧은 소매 차림에 반바지가 등장하고, 해가 지고 밤이 이슥할수록 패딩에 비니모자에 장갑까지 끼고서 목도리를 단단히 여미면서도 덜덜 떠는 자세로 이빨을 꽉 물고서 나타나는 이들이 있다. 정말 세상은 다양한 줄기들의 이어짐인 것을 실감한다.

수백 명을 웃돌던 하루 확진자 수가 이제는 두 자릿수로 줄어들었다. 한 사람의 확진자도 발생하지 않았던 그날에는 가슴이 뭉클했었다. 하지만, 바로 다음 날에 또 이어지는 확진자 숫자를 보면서 그래도 날마다 살얼음판을 걷듯이, 불이 나고 난 뒤 잔불이 다시 일어날까 봐 조심스레 뒤돌아보면서 살피고 또 살피면서 '꺼진 불도 다시 보자' 하는 마음으로 보내야겠구나 생각하는 나날이다. 얼마나 오래도록 지속하다가 없어질 코로나19일까. 아침에 눈을 뜨고 검색하는 것도 코로나 소식이고 시간마다 이어지는 뉴스도 저절로 코로나19 속보에 눈이 간다.

오전 오후 두 차례씩 조마조마한 마음으로 하루하루 그날의 브리핑을 듣는 것이 일상이 되어버린 요즘이다. 그러던 중 오늘은 기쁜 소식이 들려왔다. '슈퍼 엠(Super M)이 K-POP 가수 중 유일하게 'ONE WORLD: TOGETHER AT HOME' 에 참가한다.' 라는 소식이다.

미국 현지 시각 18일에 열린다는 이 초대형 온라인 자선 공연은 레이디 가가가 세계보건기구, 세계적 자선 단체 글로벌 시티즌과 힘을 합쳐 주최하는 콘서트다. 코로나19에 맞서 싸우고 있는 전 세계 의료 종사자를 응원 및 격려하고 코로나19 기금을 모으기 위한 취지로 기획됐다는 이 온라인 공연, 젊은이들이 좋아하는 우리나라의 슈퍼 엠은 테일러 스위프트, 카밀라 카베요, 셀린 디옹, 빌리 아일리시, 찰리 푸스, 제시 제이, 존 레전드, 베키 지, 케샤, 제니퍼 로페즈, 폴 매카트니, 스티비 원더, 엘튼 존, 오프라 윈프리, 사무엘 L. 잭슨, 데이비드 베컴, 하이디 클룸, 잭 블랙 등과 함께 참여할 예정이라고 한다. 사회적 거리 두기로 공연장을 찾지 못해 코로나 블루에 젖기 쉬운 마음 아픈 사람들에게 위안이 되는 공연이지 싶다.

'세상은 어떻게 살 것인가가 문제가 아니라 세상사를 어떻게 바라볼 것인가가 더 중요할 것' 이라던 지인의 말이 생각난다. 우울한 기분이 들기 쉬운 요즈음, 세계적인 공연을 안방에서 온 세계 사람들이 하나의

세상으로 연결되어 즐길 수 있는 것도 어쩌면 코로나
19에서 찾을 수 있는 선한 이미지가 아니겠는가.

세상에서 일어나는 사건들에서 모두 나쁜 것도 백
프로 좋은 것도 없는 것 같다. 어느 면을 어떤 시각으
로 바라보느냐에 따라서 다를 수도 있으리라. 아무리
험하고 힘든 상황이더라도 밝고 긍정적인 면을 찾으려
노력하다 보면 한줄기 가느다란 빛이 숨어있다는 것을
발견할 수 있지 않겠는가. 두껍게 내려앉은 구름장 위
에도 햇살은 여느 때와 다름없이 밝게 우리를 향해 비
추고 있을 터이니까. 잠시 구름이 지나가기를 기다려
야 하지 않겠는가.

세상 만물이 돋아나 생기를 얻는 봄이다. 부지깽이
를 꽂아두어도 잎이 난다는 식목일도 벌써 지났고, 봄
비가 자주 내리고 곡식이 풍성해지는 절기인 곡우도
지났다. 먼 산에 푸르름이 하루가 다르게 생기를 발하
고 있다. 돋아나는 새순에서 싱그러운 향기를 들이켜
보면서 오늘 하루도 힘차게 팔을 흔들며 앞으로 나아
가리라.

어디선가 몽환적인 목소리의 이탈리아 가수 아메
데오 밍기의 노랫소리가 들려온다.

'아름다운 그대, 로마여/ 그대는 왜 아직도 그토록 아름다운가/ 우리는 다시 사랑에 빠졌네// 황금빛으로 붉게 타오르는 하늘 속에/ 나의 그대, 로마여/ 슬픔에 잠겼던 교황들, 훌륭한 교황들, 천사들/ 꽃을 그리던 화가들// (중략) // 로마, 그대는'

노랫가락 속의 로마를 대구로 바꾸어 보면서 위안 삼는다. 오늘도 묵묵히 견디어 나가면 언젠가는 아름다운 우리 고장, 우리 세상, 하나의 세계가 다시 찾아오리니.

# 그날이
# 오면

금방이라도 비가 쏟아부을 듯 어둑한 하늘이다. 서울 총회가 있어 서둘러 길을 나섰다. 차 시각이 얼마 남지 않았기에 택시를 잡으려니 도대체 보이지 않는다. 할 수 없이 차를 몰고 가서 주차장에 넣을 수밖에 없을 것 같다. 운전하면서 주차할 공간을 걱정하며 나섰는데, 아~ 코로나 덕에 좋아진 것들이 많구나 싶을 정도다. 거리는 한적하고 그렇게도 밀리던 주말 동대구역 주차장에는 아슬아슬 도착해도 자리를 찾을 수 있으니 말이다.

코로나19 때문에 미루고 미루어졌던 모임이 조심스레 재개하였고 코로나19 덕분에 기차를 놓치지 않고 탈 수 있으니, 세상에 모두 나쁘기만 한 것도 모두 좋기만 한 것도 없다는 말이 진리임을 떠올린다.

대구가 온통 혼란에 빠졌을 즈음, 안타까운 마음으로 모금해서 보내주고 마스크를 구해주면서 걱정스러워하던 한국 여자의사회, 그 반가운 얼굴들을 만나러 대구경북지회 임원들이 서울행 기차에 올랐다.

아직 조심스러운 상황이라 대구경북에서 서울 모임에 참석을 해도 되겠는가, 내심 망설이고 있으려니 집행부에서 코로나19 대구경북에서 물러가라고 했다는 우스개를 하면서 위축되지 말고 꼭 참석해 달라고 여러 차례 연락이 왔다. 챙겨주는 마음은 감사하지만, 혹시나 하는 마음이 들어 출발하는 날까지 망설였다.

어쩌겠는가. 코로나19로 고생했다면서 표창도 하고 모범지회상을 받아가야 한다는 당위성을 부여했다. 지근에 사는 임원들과도 오랜만에 역에서 만나 마스크 사이로 보이는 눈빛을 교환하며 주먹 인사를 하고 차에 올랐다.

차창 너머 들판에는 곱게 다듬어진 못자리가 너무도 평화로운 정경이다. 간간이 스치고 지나가는 빗방울이 고속에 흩날리는 풍경에도 위안을 얻으며, 사회적 거리 두기로 창가로 모두 띄어 앉아 마스크를 쓰고

서 일절 말없이 기차에 몸만 실려 간다.

　이번 총회는 회장 이·취임식이 있는 행사라 여러 가지 프로그램이 다양하게 준비되어 있었다. 드문드문 자리를 만들어둔 테이블에서 각 지회 참석자들이 오랜만에 만나 말없이 눈인사를 교환하며 반가움을 표시하였다. 어둑하던 날씨도 창을 여니 그야말로 분위기 있는 저녁을 연출했다. 두려움 속에 맞이한 모임이지만 코로나19가 아직 물러가지 않았다는 불안감을 잊게 할 정도로 정이 넘치고 감동적이었다. 진심 어린 축사와 시상식이 이어졌다.

　그중에는 9세 나이로 전쟁 통에 내려와서 남쪽에 남겨진 아이, 지금은 원로가 되신 분께서 사재를 다 털어서 빛나는 여의사상을 제정하여 시상하는 코너도 있었다. 그분의 어머니는 9살 난 딸을 피난지에 혼자 두고서 "여기 있으면 엄마가 북에 두고 온 다른 가족들을 데리고 곧 너를 찾아서 오마." 하고 북으로 돌아가셨다.

　그 길로 헤어져 다시는 돌아오지 않으셨다고 하니 어린 여자아이는 공부만 열심히 하고 있으면 엄마가 꼭 다시 데리러 올 것이라고 철석같이 믿으면서 정말 열심히 공부만 하였다고 한다. 그리하여 여의사가 되었고 평생 의술을 의지 삼고 여자 의사회를 위해서 정말 헌신하셨다. 후원금 모금에는 언제나 그분의 성함을 발견할 수 있었으니 원로가 되어서도 언제나 모임에 참석하여 좋은 말씀을 해 주시던 그분께서 후배 여의사들이 더욱 빛나는 활동을 하기를 바라면서 '빛나는 여의사상'을 제정하였다고 한다.

매일같이 일하여 아끼고 모았던 전 재산을 후배 여자 의사들을 위해 선뜻 내놓으신 그분의 통 큰 헌사에 정말 감사했다. 또 어려운 가운데서도 여자 의사회의 일원으로 일할 수 있었음에 참석자 모두 가슴 뭉클하였으리라.

대구경북이 코로나19로 고생 많았다면서 여러 차례 언급해 주신 분들 덕분에 가슴이 따스해졌다. 모범 지회상을 받고 기념 촬영을 하고 테이블로 돌아와서 지회 임원들에게 보여주며 자축하는 의미로 건배를 하였다. 그간 서로의 노고를 위로하면서 오랜만에 만나 반가운 얼굴들이 많았지만 차 시간에 맞추어서 조용히 빠져나와 빗길을 걸었다.

밤기차를 타고 내려오면서 생각했다. 반갑게 손잡

고 얼굴 마주하며 웃을 날이 언제 다시 찾아오려나. 옛날처럼 그렇게 지낼 수 있는 날이 과연 다시 오기나 할 것인가. 몽롱하게 감회에 젖어드는데 다른 모임의 일원인 남자 교수님께서 전화하셨다. 궁금하여 통화하니 '혹시 상이 바뀐 것 아니냐?' 고 하신다. 그분의 아내가 받아온 상이 내가 받아가야 할 상패와 상장이라는 것이 아닌가.

코로나19가 수상자도 서로 바꾸어서 새로운 인연을 만들어주는 것일까. 누군가의 실수가 만들어주는 의외의 인연, 어쩌면 그것은 기적이 아닐까 싶다. 코로나19가 물러가는 그날이 오면, 언젠가는 새로 이어진 인연을 찾아서 옛이야기 나누면서 웃을 수 있기를.

## 최선의
## 선택

"현대의학의 승리, 축하 또 축하 그리고 미안!"

문자 창을 열어 다시 확인해 보아도 분명 그렇게 씌어있다. 믿기지 않는다. 원로 교수님께서 환희에 찬 문자를 보낸 지 채 일주일도 되지 않았는데 부고라니! "암으로 고생하는 안사람 간호해야 해서 글을 쓸 여유가 없어. 미안해….." 하시며 의과대학 동문 문예지 엮는데 원고를 보내지 않으셨다. 걱정하며 지내고 있었는데 지난주 느닷없이 문자를 보내시더니 뒤이어 전화벨이 울렸다. 지난여름에 우리 아들의 혼사에 참석지 못해 정말 미안하다는 것이 아닌가.

그동안 암 투병하는 사모님 지극정성으로 치료한 결과 5차 항암치료를 끝내고 퇴원하는 길이라면서 목소리 톤을 한껏 높이셨다. '현대 의학의 승리!', '축하'를 몇 번이나 말씀하셨다. 다 나은 것 같으니 의과대학 문집에 넣을 원고를 보내겠다고 하셨다. 그런데 새벽같이 부고라니. 사모님이 소천하셨다니. 연로하신 교수님께서 사모님을 여의고 얼마나 외로울까. 부고를 전달하면서 자꾸만 자판에 실수하게 되는 것은 나의 손까지 떨려오기 때문이리라.

아흔이 다 되어가도 지금까지 그런대로 꼬장꼬장 살고 계시는 지인 아저씨도 오래전에 암 판정을 받았다. 내가 의과대학생 시절이었으니 사십 년이 넘었다. 폐암이 아주 고약한 위치에 생겨 수술도 할 수 없다고 하면서 병원에서는 퇴원하여 집에서 조리하기를 권하였다. 원하는 만큼 드시고 즐겁게 생활하며 생을 정리하라고. 그러자 아저씨는 "죽어도 좋으니 소원이나 없도록 칼이라도 한번 대보게 해달라고 의대생이, 네가 가서 부탁해 봐." 하시며 내 손을 잡고 사정하는 것이었다.

담당 교수님께 자초지종을 간곡하게 말씀드렸다. 그때는 김영란법이 없던 시절이라 그런 부탁도 가능하지 않았으랴 싶지만, 교수님은 영상 사진을 걸어놓고 이리저리 살피시더니 딱 결정하셨다. "한번 수술실에 들어가 보기는 하자!" 그 이야기를 듣던 환자는 뛸 듯이 기뻐하며 수술실에 들어갔다. 수술은 천만다행으로 큰 위험 없이 간신히 그 부위를 도려내고 닫을 수 있었다고 하셨다.

환자는 더는 세상에서 바랄 것이 없는 듯 '늘 기쁘게! 즐겁게! 언제나 감사하며! 살아가리라' 마음먹고는 끊임없이 발생하는 암과 더불어 지내고 있다. 폐암에 이어 위암 그리고 대장암, 그때마다 조금씩 때로는 통째로 장기를 다 들어내고 이제는 뱃속에 남아있는 장기라고는 몇 안 되지만, 그래도 살아있음에 감사하며 지낸다.

이따금 전화로 외친다. "정 선생, 자네 덕분에 내가 이 세상에 아직도 머물고 있네. 허허허!!!" 때로는 농담까지 한다. "몸이 자꾸 가뿐해져, 내 속에 남아있는 것이 별로 없거든, 비울수록 더 편안해지는 것이 세상 이치가 맞는가 봐, 갈 때 되면 빈손으로 갈 테니까 툭툭 다 털지 뭐. 허허허!!!" 아저씨의 웃음소리를 들으면 정말이지 욕심을 다 내려놓고 오로지 기쁨으로 삶에 감사하며 순간을 사시는 것 같다. 그분의 전화는 알곡을 충분하게 거둬들이고 난 들판에 흐붓이 내리는 달빛 같은 여운이 남는다.

한때 페이스북을 달구었던 이야기가 떠오른다. 아흔 살, 노마 할머니는 남편을 떠나보내고 자궁암 말기 진단을 받는다. 죽음을 마주한 순간 그녀는 암 투병 대신 여행을 선택한다. 여행을 통해서 진정한 '미스 노마'로 거듭난다. 삶의 모든 의무로부터 자유로워진 아흔 살의 그녀는 더 이상 멋진 순간을 살려 하지 않고 있는 그대로의 진짜 삶을 살아낸다. 누군가의 엄마나 아내가 아닌 진정한 노마의 모습으로 말이다.

2015년 8월부터 1년간 32개 주 75개 도시를 돌아다니며 페이스북으로 전 세계에 메시지를 전한 노마 할머니는 여행 중 91세의 일기로 생을 마감했다. 삶의 마지막 순간, 인생을 충만한 경험과 관계로 채운 그녀의 용기와 도전은 많은 사람에게 공감과 희망을 불러일으켰고 세계 주요 매체에 소개되었으며 책으로도 출간되었다.

그녀는 인생에 밀려오는 불행에서도 행복을 만들어갈 수 있는 주체적인 의지, 소소한 일상을 즐겁게 만들어가는 지혜, 죽는 순간까지도 인생이 끝나지 않는다는 긍정적인 생각과 가치를 세계인에게 전한다. 옐로스톤 국립공원에서 들소 떼와 마주치기도 하고, 헤메스 푸에블로에서 인디언들의 축제에 참여하기도 한다. 낯선 장소와 예상치 못한 순간들은 노마의 새로운 모습을 발견하게 만든다.

노마는 마지막 순간까지도 긍정적인 삶의 자세와 독립심을 견지하며 늘 침실로 갈 때 했던 의식처럼 춤과 노래로 평온히 눈을 감는다. 긍정적인 힘과 용기만 있다면 불행한 순간에도 자신의 의지대로 삶을 만들어나갈 수 있지 않겠는가. 우리 삶의 마무리에 최선의 선택은 무엇일까.

## 아름다운
## 삶

　하얗게 서리가 내린 길을 달려 국화향 가득한 곳에
닿았다. 한창 일할 나이에 먼 길로 떠나버렸다는 소식
을 듣고 조문을 왔다. 슬픔을 참으려 애쓰는 객을 맞는
그의 영정 사진 속 머리카락은 항암제로 인한 탈모의
흔적도 없이 탐스럽게 어깨를 덮고 있다. 통통한 뺨에
살짝 보조개까지 있는 얼굴이 사각형으로 꾸민 하얀
꽃 속에서 환하게 웃고 있다. 검은 리본만 두르지 않았
다면 다정한 목소리로 반갑게 인사하며 손 내밀어 반
길 것만 같다. 멍하니 한참을 올려보다 머리를 흔들어
정신을 가다듬는다. 즐겨 입었던 스웨터였던가. 참으
로 편안한 자세의 그가 아무 걱정하지 말라는 듯 내려
다보고 있다.

며칠 사이 가까이 지내던 이들이 연이어 황망히 떠나가는 일이 일어났다. 10년 넘게 병원에서 지극정성으로 자원 봉사하시던 분의 갑작스러운 부음이 있어 참으로 허전하였다. 그 슬픔이 채 가시기도 전에 쉰을 갓 넘긴 중견간부가 다시는 돌아올 수 없는 길로 떠나버렸다는 소식이 아닌가.

그는 나와 같은 해에 입사하여 오랫동안 동고동락하였기에 허전함을 말로 표현할 수가 없을 정도다. 몹쓸 병이 자신의 몸에 들어와 똬리를 틀고 그것이 온몸으로 퍼져 뼈와 간에 전이되어 이승의 삶이 얼마 남지 않았다는 것을 안 것은 불과 1년 전이다. 그때까지 그는 그런 시한부 생명이리라고는 꿈에도 생각하지 못하고 어깨가 결리고 옆구리가 아프다며 물리치료를 받고 진통제를 먹어가면서도 씩씩하게 근무하고 환자들 걱정만 하며 날과 밤을 새우며 일하였다.

언제나 웃는 얼굴에 긍정의 아이콘으로 불릴 만큼 같이 있으면 힘을 주는 동료였다. 그러니 곁에는 늘 도움을 구하는 사람들이 있게 마련이고 그러다 보니 자신의 몸보다는 남을 위한 도움을 먼저 생각하느라 때를 놓친 것은 아니었을까. 오로지 일이 있다는 것, 도울 수 있는 상대가 있다는 것으로 늘 즐겁고 행복해했던 던 그 사람. 월급이 얼마인지, 근무 환경이 어떠한지, 맡아서 해야 하는 일이 얼마나 고될 것인지, 묻지도 따지지도 않고서 병원이 잘되기만을 생각하면서 언제나 최선을 다하던 열성적인 골수 직원이었다.

그런 세월이 어느덧 십 년이 지나고 이십 년이 지나고 올해로 삼십 년으로 접어드니. 그야말로 한평생, 한 직장에서 옆도 뒤도 돌아보지 않고 오로지 일에 취해 살았던 천사가 가버렸다. 언젠가는 고생을 함께 나눈 오랜 동료들이 퇴직하면 다 함께 추억 여행하자고, 고생도 지나고 나면 아름다운 추억이 될 터이니 추억담 나누며 오래오래 만나며 호호백발이 될 때까지 옛이야기 나누며 살자고 약속하였었는데….

의사 집이 무의촌이라지 않던가. 병원에 근무하는 이는 환자의 아픔을 돌보는 데 몰두하다 보면 제 몸 돌보는 데 자칫하면 소홀하기 쉬운 것 같다. 정기적인 건강검진이라도 꼬박꼬박 제때 받았으면 그토록 악성 질병이 진행되지는 않았을 터인데. 병원 일이 무척 바쁘고 한창 자라는 아이들 챙길 일도 많다 보니 자칫하면 자신의 건강 챙기는 일은 뒷전으로 밀리기 쉽다. 무엇보다 중요한 것은 내 몸의 건강이 아니겠는가.

이승에서 사랑하는 사람들과 남은 시간이 길어야 몇 개월밖에 남지 않았다는 것을 안다면 가장 먼저 떠오른 이는 누구일까. 남아 있을 아이들이었을까? 입시 준비하는 고 3 아이를 둔 엄마, 병석에 누워있는 그 심정이 어떠했겠는가. 아무리 고통스럽더라도 수능 칠 때까지만이라도 살아있게 해달라고 세상의 모든 신께 빌지 않았으랴. 극도의 악성 고통을 이겨가면서 시험 잘 보았다는 아이의 음성에 환하게 웃더라는 이야기를 전해 듣고 나는 하염없이 눈물을 흘렸다. 엄마의 마음이 다 그러하지 않겠는가.

검은 장의차 리무진이 병원 마당을 한 바퀴 빙글빙글 돌더니 꼬리를 보이며 문을 나선다. 차마 떨어지지 않는 발걸음인 듯 머뭇거린다. 여기저기서 손을 흔든다. 시한부의 삶, 어쩌면 우리 인생이 모두 불려가는 때의 차이가 있을 뿐 돌아가는 것은 정해져 있지 않은가. 젊은 나이에 하늘의 부름을 받고서도 차분히 정리하며 준비한 이별이 이젠 영원으로 넘어간다.

하늘이 뿌옇게 흐려온다. 가슴이 텅 비어 온다. 함께 일한 동료로서 이렇게 허전한데 가족들의 슬픔은 오죽하랴. 나는 하늘을 올려다보며 그에게 마음의 이야기를 전해본다. "당신은 정말 아름다운 삶을 살다 간 사람이에요. 자신의 일을 사랑했고, 만나는 사람들에게 마음을 다해 배려했고, 오로지 환자들을 위해 한평생 봉사의 삶을 살다 간 천사였죠. 자신에게는 바보같이, 몸을 돌보지 않고 일밖에 몰랐지만."

이젠 슬픔도 이별도 없고 아픔은 더더욱 없는 평안과 행복만이 있는 세상에서 영원히 아름다운 삶을 즐기시길.

위로

세상을 살다 보면,
별별 사건 때문에 눈물지을 때가 많지 않던가.
순간순간 서글픈 마음이 들 때도 밝은 면, 좋은 면,
행복을 미리 떠올리고 생각하면서
긍정의 순간을 기대해야 하리라.

## 날이 좋아서, 봄이 와서,
## 별일 없어서

연분홍 매화가 화사하게 봄을 물들인다. 개나리는 노랗게 피어나 바람에 하늘거리고, 오르막 길가에도 벚꽃들은 하나둘 피어나기 시작했다. 머잖아 산과 들에서는 봄 소풍을 함께 즐겨 보자는 유혹의 메시지가 날아들 것만 같다. 이른 봄꽃들은 아름다운 자태를 맘껏 드러낼 새도 없이 촉촉한 봄비에 흩날려 땅으로 내린다.

이제 삼월도 하순으로 접어들었다. 산수유가 노란 구름처럼 피어오르던 축제를 떠올려 보지만, 아직 물러나지 않은 코로나19라는 괴질 때문에 올해는 엄두도 내지 못할 것이리라.

해가 바뀌고 다시 봄을 맞았다. 그사이 우리 모두

에게는 잊을 수 없는 1년이 지나갔다. 코로나19가 온통 우리의 일상을 지배하는 생활이었고, 순간순간 가슴 졸이며 살아야 했던 시간이었다. 고통과 아픔이 아직도 이어지고 사람과 사람 사이에 서로 얼굴 맞대고 이야기 나누기보다 비대면이 일상화되는 날들이다.

백신이 도입되면서 그래도 희망을 품을 수 있게 되었다. 국내에 들어오는 백신은 종류가 다양하고 항체 생성률이 다소 차이가 있다. 그러다 보니 어떤 백신을 맞느냐를 두고 사람들 사이에서 화제가 된다고 한다. 코로나 환자 전담 병원에서는 화이자 백신을 맞고, 그 외의 의료진은 아스트라제네카를 맞게 된다.

그런 가운데서도 어떤 병원에서는 항체 생성률이 좋은 화이자와 좀 낮은 아스트라제네카가 둘 다 배정되는 모양이다. 누구는 화이자, 누구는 아스트라제네카를 맞게 된다니 그를 두고 논란이 일고 있다. 아무리 백신의 수급이 어렵다 하더라도 센터별로는 같은 종류의 백신을 배정하는 것이 좋을 것이다. 동일 집단의 직원끼리 항체 생성률이 다른 백신을 맞게 한다면 낮은 항체 생성률로 알려진 백신을 배정받은 당사자로서는 불만이 일지 않겠는가. 심지어 항체 생성률이 낮은 백신을 맞아야 하는 직원은 이를 거부하고 맞지 않겠다는 움직임까지 일고 있다니 어려운 시기에 마음마저 힘들 것 같아 안타깝다.

　필자가 근무하는 병원에서도 백신이 접종되었다. 3일에 걸쳐 직원들이 차례대로 맞았다. 먼저 맞은 사람들에게 어떤 부작용이 있는지 물어보고, 많이 아프지는 않았는지 들어가면서 준비하는 직원들의 표정에는 설렘이 반 걱정이 반인 것 같다. 화이자 백신을 맞은 직원들은 하나도 아프지 않았다는 이부터 몸져누워 끙끙 앓았다는 이들까지 다양한 반응이었다. 대부분은 인플루엔자보다는 조금 아팠지만 견딜 만하였다고 해서 다행이라 여겨졌다. 어느 주사든 살을 찔러서 아프지 않은 것이 있겠는가. 아프고 안 아프고는 개인의 통증에 대한 민감도가 많이 작용하는 것 같기도 하다.

　같이 근무하는 동료는 접종한 다음 날에 정말 핼쑥한 얼굴로 출근하였다. 일하면서도 그의 표정을 살펴야 할 정도로 피로한 기색이 역력하여 오프를 권유했지만, 참아 보겠다고 하여 근근이 하루를 지냈다. 백신 주사를 할 때 놓아두었던 타이레놀이 그나마 도움이 되었다며 아픔을 참고 근무하는 그에게 왠지 모르게 미안한 마음이 들었다. 반면 나이가 들어서 면역이 약해져 백신에 대한 반응도 그리 심하지 않은 것인가. 필자의 경우에는 그래도 근육이 조금 더 좋은 오른팔 삼각근을 택해 주사하였다. 그래서일까, 정말 아무렇지도 않게 지나가는 것이 아닌가.

농담 삼아 이야기를 건네는 동료들도 있다. 면역 반응이 좋고 더 건강할수록 아프니, 정말이지 '아픈 만큼 성숙해질 것'이라고 말이다. 어찌 됐든 백신은 전 국민이 될 수 있는 한 다 맞아서 어서 빨리 집단 면역을 형성하여야 하니 백신을 거부하고 맞지 않는 일은 생기지 않아야 하겠다.

한 인구 집단에서 집단 면역을 형성하려면 전 인구의 75% 이상이 항체를 가져야 한다고 알려져 있다. 그러니 백신은 가능하면 무조건 맞아야 하지 않겠는가. 이런저런 불평과 불만, 여러 가지 사정으로 접종률마저 떨어지면 집단 면역이 생기지 않을 수도 있다. 우리나라에 들어오는 백신의 항체 생성률과 19세 이상 인구 집단의 비율로 계산한 값은 69.8% 정도라고 하니 많은 이들이 접종해야 집단 면역이 가능할 것이다.

내가 마음에 들지 않아서 거부하게 되면 그 피해가

나뿐 아니라 남에게도 미치는 것이 바로 코로나19이다. 거리 두기도 그렇고 백신도 그렇다. 나를 위해서이기도 하지만, 남을 위해서도 반드시 맞아야 한다. 내 인생이 진정 즐겁고 행복하려면 언제 어디서나 어떤 상황에서도 마음을 다잡아 감사하는 마음으로 하루를 보내야 하지 않겠는가. 하루하루 러닝 머신 위를 달리듯 쉬지 않고 다리를 움직여야 하지 않겠는가. 언제나 긍정의 마음으로 좋은 말을 하면서.

이 봄에도 하루라는 시간은 누구에게나 공평하게 주어진다. 행복할 수도 있고 그렇지 않을 수도 있다. 날이 좋아서, 봄이 와서, 별일 없어서 더 행복해질 수 있기를.

## 감동을 주는
## 사람으로

　붉게 물든 남천 잎 사이로 조롱조롱 매달린 빨간 열매가 탐스러운 아침이다. 무서리가 내린 텃밭에서 남은 배추를 거두어 왔다. 끝없이 발생하는 코로나 환자들로 인해 씨 뿌리고 모종 심을 시기가 한참이나 늦었었다. 하지만 때 그르게나마 뿌린 과채들이 제 나름의 성의를 다해 잘 자라 주었다. 그런대로 포기를 이루어가는 배추밭을 보면서 이 없으면 잇몸으로 살아가는 법을 자연은 스스로 터득하나 보다 싶었다.

　12월, 이젠 영하의 기온 속에서 잎새들은 와삭와삭 소리를 낼 정도로 얼었다 녹기를 반복하며 주인의 손길을 기다린 모양이다. 사랑으로 거두어들여 잘 갈무리해야 할 대상이 있어서 마음 흡족하다.

수능을 마친 수험생들이 속속 확진자 병실로 들어온다. 처음에는 얼떨떨한 표정으로 아픈 곳이 있느냐 물으면 잘 모르겠다던 아이들이, 밤이 되자 열이 치솟고 근육통이 심해지는 모양이다. 바짝 긴장된 상태로 칸막이 쳐진 책상에서 말 한마디 못 하고 시험을 보았던 녀석들, 몸의 근육이 이완되기 시작하자 이곳저곳 안 아픈 곳이 없을 정도로 욱신대는 모양이다. 신음소리조차 크게 지르지 못하고 끙끙대는 아이들을 보니 너무 애처롭다. 더러는 교육 연수원에서 혼자만 격리된 채 시험을 보았다니 얼마나 힘이 들었을까. 그때 무척이나 외로움 속에서 위로가 되었던 것은 필적을 확인하기 위해 매시간 따라서 써야 하는 글귀였다고 한다. "많고 많은 사람 중에 그대 한 사람" 열세 글자를 따라 쓰면서 울컥했다며 눈물을 글썽인다.

수능 모든 과목마다 답안지에 맨 처음 적어내야 하는 이 필적 확인 문구는 올해로 일흔다섯 살 노시인이 젊은 날 쓴 사랑 시에서 나왔다. 시인은 어린 분들이 더 힘든 한 해였을 거라며 "힘든 시간을 지나, 살아내자"라고 말했다. 필적 확인 문구를 답안지의 필적 확인란에 정자로 기재하도록 하는 시간이 매 시험 시간 시작에 주어지는데, 올해는 나태주 시인이 젊은 날 한 사람을 위해서 썼다는 시 〈들길을 걸으며〉의 한 구절이었다.

수능을 보던 49만 수험생의 가슴을 뭉클하게 만든 시인은 인터뷰에서 소망하였다. "이 글이 많은 사람에게 가서 그 한 사람, 한 사람 모든 사람이, '당신은 소중한 사람이다' / 이렇게 느끼기를 바랐다."라고.

수능시험에서 필적 확인 문구는 2006년 도입되었다고 한다. 직전 수능에서 대규모 부정행위가 드러난 까닭에 이듬해 모의고사에 윤동주의 〈서시〉를 앞세운 것이 시작이었다는 것이다. 정지용 시인의 〈향수〉의 '흙에서 자란 내 마음 파아란 하늘빛'은 세 번이나 인용되었고, '맑은 강물처럼 조용하고 은근하며'도 인용되어 수험생의 마음을 위로해 주었다고 한다. '진실로 내가 그대를 사랑하는 까닭은'을 적고 나서 마음의 평정을 찾아 시험을 잘 보았다는 조카도 그때를 기억하며 한마디 거들었다.

포항지진으로 시험 전날 수능 연기 사태를 겪었던 2017년엔 김영랑의 〈바다로 가자〉가 놀란 수험생들을 위로했다고 한다. 시를 사랑하는 후배의 딸이 수능을 볼 땐 김남조 시인의 〈편지〉의 첫 구절 '그대만큼 사랑스러운 사람을 본 일이 없다'가 나와서 가슴이 두근거렸다며 감동을 전하였다. 열다섯 자 내외의 짧은 문구가 같은 어려움을 겪은 수능 세대들 마음엔 정말 오래도록 남아 그때 그 시절의 추억이 될 것이리라.

오래도록 병상에 있다가 회복하여 가슴을 울리는 짤막한 시들을 발표하는 나태주 시인은 동그랗고 친근한 얼굴로 수험생들을 향해 또 우리 모두를 위해 응원의 메시지를 보낸다. "힘들었어요. 터널을 건너왔어요. 저 너머에 분명히 좋은 들판이 있을 겁니다. 같이 갑시다. 힘내세요."

고비를 넘긴 사람은 조금 허탈하기도 할 것이고 때로는 보잘것없게 느껴질 수도 있으리라. 더러는 승리감에 도취하여 사는 날이 찾아올 수도 있을 것이다. 하지만 인생 선배들은 이야기하지 않던가. 인생, 누구나 별 차이 없다고. 결국은 작아지고 고요해진다고. 그 사람이 세상을 살면서 남겨 놓은 그 무언가가 다른 사람은 이롭게 할 때 그의 인생은 참으로 의미 있는 것이리라. 누군가를 사랑했다면 사랑받은 자의 기억 속엔 그가 존재할 터이니. 인생은 결국 기억으로 남지 않는

가. 올해도 누군가에게 감동을 주는 사람으로 남기를….

## 가든
## 파티

 

왕관 모양의 꽃을 보니 탄성이 절로 나온다. 두꺼운 녹색의 잎사귀는 마치 칼처럼 뾰족하다. 연보랏빛 꽃송이의 튤립이 고고하게 솟아올랐다. 어느 해 봄, 화살나무로 경계를 이룬 이웃집에서 건네준 구근 몇 개를 심었더니 다시 봄이 왔음을 알린다.

시골 나무 시장에서 사다 심은 영산홍은 비실비실하더니 이젠 제법 화사하게 꽃피어 자리를 빛낸다. 집 방문자들이 들고 와 심었던 꽃잔디도 질긴 생명력으로 영역을 넓혀가며 진분홍으로 검은 돌 마당에 봄을 색칠한다. 치자는 큰 나무 그늘에 가려서도 진한 향기로 하얀 꽃의 존재를 찾아보게 만든다. 눈부신 4월이 말없이 지나가고 있다. 코로나19가 끝났다면 마음 놓고 봄을 즐기련만, 꽃이 피고 새가 울고 노을이 아름다워도 그것을 마음껏 즐기기엔 무거운 납덩이가 한구석에 들어 있는 듯, 기분은 어쩔 수 없다.

꼭 해야 할 일만 하면서 하루하루를 보낼 수도 있지만, 그래도 사회생활을 오래 했으면서 조금이라도 역할을 찾아서 하면 좋지 않을까. 여기저기 몸과 마음을 보태기로 노력한다. 그중에 의사회 봉사단이 있다. 외국인 유학생, 이주 노동자, 불법체류자 등 몸이 아프지만, 의료의 도움을 받기 쉽지 않은 이들을 위해 의사회에서 시행하는 무료 휴일 진료를 지원했다.

코로나19가 심해지자 그곳도 문을 닫았다. 도움이 필요한 이들은 오갈 데가 없고 이전에 오던 사람들은 나에게 안타까움을 호소했다. 마음이 늘 불편하던 차에 응급실 야간에 근무할 기회가 생겼다. 10일에 한 번 정도 밤샘 근무 정도는 할 수 있지 않을까 하여 낮 근무를 마치고 이어서 응급실 밤 당번을 하였다. 주말이 되면 갖가지 사연의 환자들이 찾아와 온갖 인생살이의 교훈을 전한다.

2박 3일째 울기만 하여 달랠 수가 없어 왔다는 신생아를 둔 부모, 배를 살살 만져주고 관장을 해 주었더니 금세 울음을 그친다. 기르는 반려견이 여러 지병을 앓아서 주사 놓다가 바늘에 깊이 찔려 찾아온 이, 손가락 끝이 부어오르고 쑤셔댄다며 울상이다. 얼른 치료하고 마음마저 안심시켜 주었다. 코로나19 밀접 접촉자가 되어 오랫동안 집 안에 누워만 있었더니 갑자기 허리통이 생겼다며 119를 타고 온 중년, 근본적인 원인과 치료까지 원하지만 코로나 상황에서는 통증이라도 조절하고 견딜 수만 있다면 자가 격리 후에 자유롭게 검사와 치료를 해야 하지 않겠는가. 설명하고 설득하는데 밤이 깊어간다.

사회적 거리 두기가 조금 완화되자 동네마다 술을 먹는 술 골이 성황인 모양이다. 갓 대학생이 된 아이들이 시험 끝나자 그동안의 스트레스를 못 이겨 술집으로 달려가는가 보다. 주량을 알지 못한 상태에서 친구들과 분위기에 맞춰 입 안으로 술을 들이붓다가 정신을 잃고 쓰러져 119에 실려 오기 일쑤다.

이제 겨우 성인이 되는 생일날 한 아이가 실려 왔다. 말끔한 옷에 토사물 범벅이다. 친구가 있어서 그나마 다행이지만, 아무런 연락처도 없이 길가에 쓰러진 친구들은 정말 난감하다. 정신을 못 차리니 어떤 일이 있었는지 알 수 없고, 혹시 갑자기 나쁜 상황이라도 생기면 연락할 보호자도 알 수 없는 경우가 많아 밤새 노심초사하는 일도 생긴다.

하얀 바지 차림의 학생은 불러도 대답이 없다. 가든파티 가방만 팔에 꼭 낀 상태로. 같이 온 친구가 알려준 번호로 보호자에게 전화하니 그는 먼 타 지역에 거주하고 있다면서 한밤중에 달려올 수 없다고 한다. 그러니 검사해서 이상이 없고 의식이 깨어나면 혼자 자취방으로 돌려보내 달라는 것이 아닌가.

어쩌랴. 멀리서 한밤중에 달려올 수 없다고 하니. 씁쓸한 마음이 되어 멍하니 있다가 환자를 보면서 들락거리고 있으려니 한 시간쯤 지나서 보호자가 병원응급실을 향해 출발한다고 연락이 왔다. 두 시간도 넘게 걸리는 거리라고 한다. 불안한 얼굴로 아이 보호자가 찾아왔다. 결과를 듣고는 아이 옆에서 깨어나기만을 말없이 지켜보다가 일어선다. 다시 직장에 출근해야 한다는 것이다. 밤새 거리를 달리다가 새벽 출근을 나가는 부모, 그 마음을 자식이 알아주어야 할 텐데….

퇴근하니 하늘빛 가든파티 가방이 테이블 위에 놓여 있다. 명품 에르메스 가방 가든파티인가? 놀라 물으니 생일 선물로 왔다는 것이다. 직장인 취미 교육으로 가죽 공예를 배운다던 제부가 수업 내내 만들어서 생일 선물한 것이라 한다. 어느 가수 남편이 선물하면서 화제를 모았다던 명품이다. 그가 아내를 위해 가방을 사주려고 30만 원씩 달마다 넣는 1년짜리 적금을 부었다고 방송에 나와서 자랑했다는 것이다. 그를 보고 '바로 저거야' 싶었다는 제부, 그 마음이 참으로 고맙다.

백신으로 어서 빨리 코로나가 끝났으면 좋겠다. 세상에서 하나뿐인 가든파티 가방을 만들어준 제부와 여러 고마운 이들과 허브 향 부침개 구워 먹으며 이야기 나누는 가든파티 할 수 있는 날이 어서 오기를.

## 행복한
## 밥상

가을 햇살이 탐스럽게 빛난다. 울긋불긋 물들어가는 단풍의 색깔처럼 고운 옷을 입은 사람들이 줄지어서 있다. 시골집 마당에 가득 피어난 꽃처럼 공원을 수놓으며 하얀 가운을 입은 이들 앞에 앉을 차례를 기다린다. 토요일을 맞아 두류공원에서 '대구광역시의사회와 적십자가 함께 하는 건강 상담 및 행복한 밥상'이라는 현수막 아래 나눔 행사가 열렸다.

우리나라만큼 아픈 이들이 병을 치료하기 위해 병원을 찾아가기 쉬운 나라가 어디 있으랴만, 그래도 사각지대에서 혜택을 못 받는 이들을 위해 매년 함께 하는 나눔 의료봉사행사이다. 무더운 여름도 지나 서늘해진 가을이 다가오자 환절기 건강을 염려하는 이들이 부쩍 늘었나 보다. 줄지어 선 이들의 끝이 보이지 않을 정도다. 외과계와 내과계로 나누어 열심히 진료해도 줄은 좀체 끝나지 않는다. 게다가 초음파 검사까지 무료로 할 수 있다니 참으로 고맙고 감사하다고 말씀하시는 할아버지 할머니들을 뵈니 붉게 물들어가는 잎사귀도 한결 기운이 나는 듯 살랑댄다.

보다 많은 도움이 필요한 분들에게 따뜻한 의료와 건강 상담이 이루어지기를 바라며 한 분 한 분 그분들의 얼굴에 웃음꽃이 피어나기를 바라는 마음 간절한 오후였다. 의사회에서 마음을 담아 마련한 후원금을 전달하며 이제는 밥상을 차리는 봉사에 참여하기로 했다. 그야말로 땀 흘리며 그분들께 밥상을 차려드리는 차례다. 의사 봉사단 조끼 위에 머릿수건과 장갑을 끼고 줄지어 늘어서서 한 가지씩 맡은 바 소임을 다하기로 했다.

행복한 밥상. 식판을 들어드리고 군대에서 쓰는 숟가락에 포크가 하나로 된 수저를 드시게 하여 반찬을 하나씩 담아드린다. 힘센 남자선생님은 밥을 푸고 국을 뜨고 그중에 덜 힘들 것 같은 반찬 나누는 대열에 서있던 나는 끝없이 이어지는 무료급식행렬에 비지땀을 흘렸다. 아마도 천 명은 족히 될 듯한 그분들의 반찬을 담아드리며 소리 내어, 때로는 속으로 "맛있게 드시고 건강하세요, 행복하세요~!"를 외쳐대었다.

드디어 줄이 끝나갈 무렵 청포묵은 바닥이 보이고 맛있게 보이던 김치도 이젠 조금만 남았다. 게다가 불타나게 인기 있던 가느다란 파와 김을 무친 것은 쳐다보기만 해도 침이 넘어갈 정도로 배가 고파왔다. 드디어 배식하던 봉사자들의 식사, 시장이 반찬인지 남이 해놓은 밥이라 그런지 정말이지 세상에~! 밥이 아니라 꿀이었다. 시장기가 어느 정도 가시자 입을 모은다. 오늘 흘린 땀방울이 행복이라는 작은 씨앗에 물을 주는 것 같아 기쁘다고, 앞으로도 시간을 내서 이런 봉사를 자주 해야겠다고 다짐한다.

그야말로 나누면 더 행복해질 수 있고 함께하여 더 의미 있는 의료봉사와 사랑의 급식이 아니겠는가. 이런 봉사활동은 참여하는 이들의 감성지수를 많이 높여줄 것도 같다. 아무리 춥고 배고픈 현실이라도 행복한 밥상 앞에서는 체온이 1도 정도는 높아질 것 같아 마음이 따스해오지 않으랴 싶다. 누구든 혼자서 식사하기를 좋아하는 사람이 있겠는가. 더구나 독거 어르신은 식사 재료 준비와 요리, 설거지 등이 얼마나 힘들었겠는가. 그런 분들을 위해 매주 수요일마다 이런 무료급식 봉사를 하고 있다는 적십자사는 정말 존경받아 마땅하지 않은가.

봉사 팀에 합류한 한 학생은 얼굴에 땀을 닦으며 이야기를 한다. "평소엔 어머니가 차려준 식사를 하다가 스스로 참여하여 준비한 식사를 어르신들이 맛있게 드시는 모습을 보니 마음이 훈훈해지는 것 같다."라고. 그러면서 세상에서 제일 맛있는 밥상이 여기에 있는 것 같아서 기분이 좋다고. 학생의 마음으로 우리 사회의 온도가 1℃ 정도는 올라간 것 같다.

오래전 방송에서 '행복한 밥상'이라는 프로그램을 진행한 적이 있었다. 그때 매주 한 가지의 먹거리를 선정하여 'a부터 z까지' 모든 정보를 재미있게, 실증적으로, 경쾌하게 점검하는 프로그램이라 참으로 유익한 방송이라 생각하기도 하였다. 그때 얻어들었던 지식으로 우리 집 식탁을 차릴 때도 가장 행복한 밥상을 만들어 주려고 노력하곤 하였다. 신혼시절 남편에게 물었다. 가장 행복한 밥상은 뭘까? 그는 '어머니가 차려준 밥'이라고 하였다.

그때나 지금이나 행복한 밥상은 정말이지 누군가 나 아닌 다른 이가 정성껏 마련하여 차려주는 것 아니겠는가. 김수환 추기경은 "남은 세월이 얼마나 된다고 / 가슴 아파하지 말고 나누며 살다 가자/ 버리고 비우면 또 채워지는 것이 있으리니"라고 하셨다. 추기경님의 미소와 말씀을 가슴에 새기는 이들이 많아져서 곳곳에서 나눔을 실천하며 행복한 밥상을 차리는 이들이 많아지기를 소망한다.

# 낮
# 달맞이꽃

비가 살짝 내렸다 그치기를 반복한다. 비에 씻긴 대기가 한결 시원하다. 제사가 드는 날이라 장거리를 챙겨 시댁으로 향한다. 양손 가득 짐을 들고 아파트계 단으로 올라서려는데 수돗가에 탐스러운 꽃이 피어나 샛노란 웃음을 보인다. 가까이 다가가 살펴보니 꽃이 참으로 앙증맞고 탐스럽다. '모야 모' 앱을 실행하여 검색해 보니 '노랑 낮 달맞이꽃'이라고 알려준다.

달맞이꽃은 달이 뜨는 밤에 피어나 아침에 해가 뜨 면 꽃잎을 오므리며 지지 않던가. 낮 달맞이꽃은 낮에 꽃이 벙글어 밤이 되면 꽃잎을 오므리고 자러 가나 보 다. 낮 달맞이꽃, 꽃 모양이 달맞이꽃을 닮았다고 하여 그리 이름 붙여지지 않았을까. 노랑 낮 달맞이꽃의 꽃말은 '기다림, 보이지 않는 사랑'이라고 한다. 오늘 제사 모시는 조상님으로부터 보이지 않는 사랑을 받으며 살아가고 있다는 것을 알려주려고 저 노랑 꽃이 눈에 띄게 피어난 것일까.

노랑을 보니 문득 떠오르는 얼굴 하나가 있다. 무엇이든 궁금한 것이 있으면 앱으로 검색하여 내게 보여주던 환자의 언니다. 그녀는 언제나 어린 동생의 병실을 지키는 보호자다. 얼핏 보면 젊은 어머니처럼 보이는 동생과는 나이 차이가 많은 아가씨다. 사흘이 멀다고 입원하는 만성 질환을 앓는 돌짜리 동생을 돌보느라 자신의 건강은 잘 챙기지도 못하는 듯 보였다. 그 모습이 안쓰러워 회진 때마다 그녀에게도 건강상태를 묻곤 하였다. 어디 아픈 곳이 없느냐고. 그녀는 머리가 가끔 아프고 속이 울렁거린다고 하였다. 안색이 자주 창백해지는 것도 같아서 건강검진을 받아보도록 권하였다.

차일피일 미루던 그녀가 며칠 전 갑자기 밤에 실신하였다는 것이 아닌가. 부랴부랴 정밀 검사를 해보고 신경과 진찰을 받게 하였다. 다시 병실의 보호자로 돌아온 그녀가 스마트폰을 검색하다가 아리송한 표정으로 내게 묻는다. "모야모야가 뭐예요?"라고.

모야모야병이 의심된다는 소견이었던가 보다. 어쩌면 좋은가. 일본말로 '담배 연기가 모락모락 올라가는 모양'의 뜻을 지닌 모야모야병, 그 질병은 언제 어느 때 문제를 일으킬지도 모르는 뇌졸중의 희귀병인데 말이다.

모야모야병은 머릿속 혈관의 끝부분에 좁아짐이나 막힘이 보이고, 그 부근에 모야모야 혈관이라는 이상 혈관이 관찰되는 병이다. 일본의 스즈키 교수에 의해 명명된 특수한 뇌혈관 질환이다. 뇌동맥 조영의 상이 아지랑이처럼 흐물흐물해지면서 뿌연 담배 연기 모양과 비슷하다고 해서 일본말로 모야모야라고 이름 지어졌다.

이 병은 양측 뇌혈관의 일정한 부위가 내벽이 두꺼워지면서 막히는 병이다. 서양인보다 주로 일본인과 한국인에게 나타난다. 이 병은 소아에게서는 주로 뇌허혈이나 뇌경색으로 발병되어 쓰러지게 된다. 성인에게서는 뇌출혈로 발병되는 특징이 있어 뇌졸중이 있으면 반드시 이 질환을 의심해 보고 감별해야 한다. 모야모야병의 원인은 아직 잘 밝혀지지는 않았다. 후천성인지 선천성인지에 대하여도 논란이 계속되고 있다.

성인은 대개 뇌출혈로 발병하는 경우가 많다. 때로는 두통, 불수의적 운동, 시야장애 혹은 언어장애 등이 올 수 있다. 소아에게서 주로 나타나는 허혈성 뇌졸중의 증상은 모야모야병으로 인하여 뇌 속의 혈관들이 서서히 좁아지거나 막혀가는 병리로 인한 뇌 혈류 부족현상에 기인한다. 성인에게 자주 나타나는 뇌출혈의 원인으로는 뇌 속에서 모자라는 뇌 혈류량을 보상하기 위해 뇌심부에 나타나는 가느다란 모야모야 혈관들과 손상된 동맥에서 혈액이 흘러나와 조직 속에 고인 것의 파열 때문인 것으로 설명하고 있다.

어느 여배우가 이 병에 걸렸다고 알려져 우리에게는 그리 낯설지 않게 느껴지기도 하지만, 모야모야병은 신경을 많이 써야 하는 질환이다. 언젠가 지인의 딸이 바이올린을 켜다가 쓰러져 병원을 찾았더니 모야모야병으로 진단되었다는 이야기를 들었다. 게다가 그리 오래되지 않아서 그의 동생이 간질 발작을 일으켜 병원에 가보았더니 또 모야모야병이라고 하더라는 것이 아닌가. 무척 걱정했지만 수술하고는 둘 다 멀쩡하게 일상생활하면서 잘 살고 있다고 한다. 그녀에게 너무 걱정하지 말라며 위로의 마음으로 지인의 이야기를 들려주었다.

　노랑 낮 달맞이꽃, 무언의 사랑을 전하라고 내게 일러주는 것 같다. 늘 아픈 동생을 위해 밤낮 기다림으로 지내던 그녀에게 희망을 갖고 꿋꿋이 이겨내라며 '보이지 않는 사랑'을 전해주라고. 비 내리는 날, 노랑 낮 달맞이꽃, 참 맑고 깨끗해 보인다. 그녀의 병이 얼른 나아서 노랑 낮 달맞이꽃처럼 다시 활짝 피어나기를 기대해 본다.

# 보조개
# 사과

오랜만에 보는 풍경에 탄성이 절로 나온다. 연분홍 코스모스가 파란 하늘 아래 정겹게 하늘거린다. 티 없이 맑고 깨끗한 공기다. 가을이 피부로 느껴진다. 한동안 만나지 못한 이들도 이 가을 정취를 실감할까. 어찌 지낼까.

지난 일을 떠올리며 시골로 향했다. 텃밭에 심어뒀던 채소도 과일도 거두지를 못했다. 예쁜 꽃이 펴 알알이 달렸을 사과나무도 코로나로 인해 눈길을 줄 수가 없었다. 도착하자마자 사과나무로 달려가니 보조개가 가득하다. 군데군데 파이고 들어간 흠이 보인다. 옴폭옴폭 찍혀있는 사과의 뺨을 보니 마음이 짠하다. 홀로 견디며 힘들었을 과실들이 살갑게 다가온다.

언젠가 경북에 엄청난 우박이 쏟아진 적이 있다. 한창 수확할 시기에 주먹 덩이만 한 우박이 내렸으니 많은 사과가 상처를 입었다. 맛과는 별도로 상품 가치가 떨어져 버렸다. 한 해 동안 땀 흘려 고생했던 농민들은 아연실색했다. 그때 누군가가 소리쳤다.

"우박에 맞아 푹 파인 사과가 마치 웃는 것 같아요." 푹 들어간 부분이 웃는 보조개처럼 보였다. 농민들은 희망을 품고 이름을 붙였다. '하늘이 만든 보조개 사과'라고. 보조개 사과는 소문을 타고 전국으로 퍼져 나갔다. 이후 생각지도 못한 결과를 얻었다. 그래, 나의 사과도 힘든 고비를 기억하며 웃고 있다. 보조개를 머금고.

잠시 보조개 사과에 눈을 주는데 병동에서 전화가 왔다. 보호자의 민원이라고 한다. 초등학생 아이를 데리고 보호자로 온 아빠는 격리돼 생활해야 하는 상황을 참는 데 한계치에 도달한 모양이다. 얼른 옷을 입고 회진하러 들어서니 아빠가 나를 보자 갑자기 두려움을 호소한다.

확진자와 함께 좁은 공간에 있으니 곧 병이 옮아올 것 같단다. 식사 때 마스크를 벗어야 하고 또 가까이서 24시간 간호를 해야 하니 너무 겁이 난다는 것이다. 잠잘 때만이라도 독립된 방을 이용할 수 있게 해달라고 부탁한다. 환자들로 가득한 병동이라서 가능하지 않다고 하자 이젠 목소리를 높인다. 흥분된 아빠를 바라보는 아이의 눈에는 두려움이 가득하다. 아빠의 코로나 공포감이 너무 커서 일단은 분리가 필요했다. 병에 걸릴까 봐 걱정인 데다가 확진돼 또 일을 못 하게 되면 먹고사는 것이 문제라며 벌겋게 달아오른 얼굴로 열변을 토한다.

어쩌면 좋을까. 아이에게 물어봤다. 아빠가 힘들어하니 자기 혼자서 병실에 있을 수 있다고 얼른 대답한다. 이전에도 전화 통화해 가면서 혼자 있은 적도 있다며 자신 있는 표정이다. 할 수 없이 아빠를 집으로 보내 자가 격리하도록 하고 아이는 혼자 입원 생활하면서 경과를 지켜보자고 했다. 코로나19에 대한 공포가 너무 크다고 하니 어쩌겠는가. 소나기는 피하고 봐야 하지 않으랴.

코로나가 오래 가다 보니 이곳저곳에서 그로 인한 마음 상함이 불쑥불쑥 드러난다. 아이 대신 아파지고 싶다며 울던 엄마의 마음도, 내가 건강해야 우리집을 건강하게 지켜줄 수 있지 않겠는가 하던 아빠의 마음도 다 이해가 된다. 누구를 원망할 수 있으랴. 이 모든 것이 코로나라는 요망스러운 바이러스가 일으킨 것인걸.

가을이 되자 다행인 것은 선선한 바람결에 혼사 소식이 날아든다. 봄의 결혼식을 가을로 미뤄 두지 않았겠는가. 주말이면 연이은 결혼식 스케줄로 바짝 정신을 차려야 하지만, 코로나로 힘들었을 이들, 그래도 결혼식을 올릴 수는 있는 사람들에게는 제발 이 코로나가 잦아들어 앞으로 신혼 생활에 핑크빛 행복만 가득했으면 하는 마음이다.

코로나19 치료에 투입돼 병동에서 봄과 여름을 보내었던 동료 과장이 둘이나 노총각 딱지를 떼게 됐다. 언제 국수 먹여줄 것이냐고, 봉투 준비해 뒀는데 그 봉투가 낡아서 이젠 없어질 것 같다는 농담을 주고받기도 했는데 드디어 축의금 봉투를 쓸 수 있고 한껏 축복해 줄 수 있을 것 같아 마음 흐뭇하다.

새 출발 하는 모든 이들에게 앞으로 어떤 일이라도 행복으로 바꾸어 생각하며 건강하게 살아갈 수 있기를 바라본다. 세상을 살다 보면, 별별 사건 때문에 눈물지을 때가 많지 않던가. 순간순간 서글픈 마음이 들 때도 밝은 면, 좋은 면, 행복을 미리 떠올리고 생각하면서 긍정의 순간을 기대해야 하리라.

어떤 경우에도 꼭 다르게 생각해 보자. 우박에 맞아 아예 상품 가치가 없었던 그 사과가, '보조개 사과'로 바뀌면서 인기가 좋았던 것처럼. 사람들과 만나지 못해 어렵더라도 양 볼에 보조개를 지어가며 '인생이 별것이야, 까짓 거' 하는 심정으로 좀 더 가볍고 향기 나게 하루를 맞으면 좋겠다.

가을이다, 이 땅에 사는 모든 이들이 구름 위에 빛나는 태양이 있음을 기억하며 씩씩한 걸음을 내딛기를 소망한다.

# 월동
## 준비

입동이 지났다. 살갗에 닿는 바람은 차가움을 더하고, 계절은 겨울을 향해 부지런히 발걸음을 재촉하고 있다. 마음 바쁘게 일터로 향하다가도 어느새 눈길은 산기슭으로 향한다. 울긋불긋 곱기도 한 단풍이 잠시라도 와서 한 번만이라도 봐달라고 손짓하는 것 같다. 문득 어디론가 훌쩍 떠나고 싶어진다.

절기가 겨울로 접어들었으니 월동 준비를 서둘러야겠다. "입동에 날씨가 따뜻하지 않으면 그해 겨울바람이 독하다."는 말도 있지 않던가. 또 얼마나 찬바람이 몰아칠까. 찬 서리가 내리면 정성 들여 키운 배추가 얼어붙으리라. 그 전에 배추를 뽑아 갖은 양념을 버무려 어머니의 손맛이 느껴지도록 김치를 담아보리라 다짐해 본다. 어머니와 시누이와 김장 준비로 분주하던 때가 벌써 그리워진다. 의논할 상대가 한 사람 두 사람 자꾸만 떠나니, 언젠가는 홀로 김치를 담아야 할 날도 찾아오지 않겠는가.

입추로 열린 가을이 이제 머잖아 소설小雪로 이어질 것이다. 땅도 얼고 세찬 바람이 불면서 살얼음이 내리면 날씨가 더욱더 추워질 것이리라. 아침저녁으로 크게 벌어지는 일교차로 벌써 겨울 독감으로 콜록대는 이들이 많다. 모든 이들이 가을의 풍요로움과 고요를 만끽하고 그 힘으로 겨울을 건강하게 이겨내서 한겨울 추운 절기를 잘 마감할 수 있었으면 좋겠다.

환자 진료를 시작하려고 진찰실에 들어서는데 어디선가 나를 부르는 소리가 들렸다. 돌아보니 입원해 있는 초등학교 아이였다. 병동 회진을 마치고 내려왔는데 무슨 볼일인가? 의아한 표정을 지으니 "선생님, 제 이빨 좀 뽑아주세요~!"라고 하는 것이 아닌가. 아이 뒤에 서 있는 어머니의 설명이 이어진다. 며칠 전부터 유치가 조금씩 흔들리기 시작하였다. 치과에 가서 뽑자고 하니 기어코 내게 와서 이를 뽑고 싶다고 우겨댄다는 것이 아닌가.

종합병원이라 치과에 과장님도 근무하시고 또 인
근에도 아동을 잘 다루는 치과 병원이 많은데, 왜 나에
게 와서 흔들리는 이를 뽑고 싶으냐고 물어보았다. 그
러자 아이는 친구의 치아를 내가 뽑아준 적이 있는데
아프지 않게 뽑았다고 전했다는 것이었다. 어이없는
상황이 벌어졌음에 어찌할 바를 모르겠다. 할 수 없이
흔들린다는 치아에 손을 대 보았다. 살짝 잡기만 해도
곧 빠질 듯했다. 녀석이 겁이 날 법도 한데 무엇을 믿
고 저리도 당당하게 찾아와 이를 뽑아 달라고 하는가
싶어 무척이나 대견하였다.

거즈를 손가락에 말아서 짐짓 힘과 기를 모아가며
집중하는 시늉을 하였다. 녀석의 표정을 살펴보니 겁
이 나는지 눈망울을 이리저리 굴린다. 자꾸 시간을 끌
다가는 녀석의 가슴만 방망이질해 댈 것 같아 힘을 팍
주어보았다. 그러자 이는 쉽게 쏙 뽑혔다. 잠시 거즈를
꽉 물고 있으라고 이르면서 "정말 잘했다! 대단한걸
~!" 하며 치켜세워 주었다. 그러자 아이는 자기 엄지를
척! 올리더니 스스로 대견한 표정을 짓다가 갑자기 "월
동 준비했어요!"라는 것이 아닌가.

그 말에 옆에 서 있던 어른들이 동시에 박장대소했

다. 겨울을 나려면 흔들리는 이까지 싹 뽑아야 하는 것
일까. 월동 준비로 무나 배추를 뽑는다는 이야기를 어
디에선가 들은 것은 아닐까. 이 뽑기가 아이들의 월동
준비의 하나이기도 할까? 거기까지는 생각지도 못한
일인데 말이다.

　한 장 한 장 물든 잎을 떨구며 조용히 자신을 비워
내고 아름답게 마무리하는 가을 나무의 월동준비를 떠
올린다. 저물어가는 가을, 깊숙이 묻어두었던 이야기
들로 우리의 겨울나기를 잘 준비해 보자. 사는 동안,
오늘은 한없이 행복하게 살아가고, 부지런히 월동 준
비하여서 내일은 오늘보다 더 즐거움으로 충만하여서,
흡족한 인생의 겨울이기를 빌어본다.

# 오래
## 사세요

알록달록 꽃으로 장식한 봉투가 눈에 들어온다. 진
료실에 들어서 발견한 생경한 물건에 의아한 마음부터
든다. 먼저 자세히 살펴보니 아이의 글씨체인 것 같아
열어보니 아니나 다를까. 꾹꾹 눌러 맞춤법도 채 여물
지 않은 아동의 필체였다. "선생님, 오래 사세요~!"라
는 글 제목이 제일 진하게 적혀 있다. 그러고 보니 오
월이구나. 이맘때 되고 보니 엄마 생각이 나서 내게 편
지를 쓴 것일까. 아픈 몸을 어서 낫게 잘 치료해 달라
는 마음을 담아 전하고 싶었을까. 아이 마음이 어쩐지
대견스러워 편지를 가만히 품어본다.

푸르른 오월이 깊어간다. 감사하고 챙겨야 할 일
많은 달이지 않은가. 어머니와 헤어진 한 아이의 얼굴

이 떠오른다. 할머니와 삼촌이 사랑으로 보살피고는 있지만 늘 알 수 없는 그늘이 느껴지던 아이다. 몸이 아파 병원을 찾았더라도 조금만 통증이 나아지면 전등 스위치 탁 켜듯이 해맑게 웃고자 노력하던 아이. 그러면서 "아~ 이제는 살 것 같아요~!"라는 말을 곧잘 하였다.

아픔을 참으면서도 돌보는 이의 마음을 수월하게 해주려 노력하던 녀석, 어머니의 품이 얼마나 그리웠으면 붉은 카네이션을 색종이로 접어 내게 부쳤을까. 그의 마음을 이해는 못 하더라도 아픔을 덜어주려 노력하는 나를 자신의 어머니처럼 가깝게 느꼈을까만, 오래 자신을 잘 치료해 주기를 바라는 마음을 담아서 그렇게 전하지 않았으랴. "오래 사세요~!"는 바로 "선생님, 치료해 주어 감사합니다."이리라.

어머니 가슴에 꽃을 달아 드리던 날이 언제였던가, 벌써 아련하다. 어머니 얼굴을 눈앞에서 만져보고 다정한 음성을 들을 수 있고 함께 맛난 음식을 나누어 먹을 수 있다는 것, 생생한 추억으로 어머니 모습을 되살릴 수 있다는 것만으로도 그런 이는 정말 행복한 사람이지 않겠는가. 불러도 대답 없고 돌아봐도 흔적 없는 어머니, 어머니가 몹시도 그리워지는 계절, 오월이 깊어간다. 저 깊숙한 폐부에서 아릿한 아픔이 올라와 전신으로 찌르르 퍼진다.

아이의 편지 봉투를 들고 병실에 올라서 보니 그의 할머니 눈은 벌써 붉어 있다. 철모르는 핏덩이를 두고 도대체 그 어미가 어디에 가 있단 말인고. 할머니는 주변의 시선도 아랑곳하지 않고 흐느끼신다. 어버이날이 누군가에겐 기쁘고 즐거운 날이지만, 또 누군가의 가슴에는 아픔을 되새김질하는 순간으로 다가서나 보다. 엄마 품이 얼마나 그리웠으면 병원에서 만나는 나에게까지 편지로 그 마음을 전하고자 하였을까.

요즈음엔 카네이션 생화를 주고받는 스승의 날 행사도 보기 드물어졌다. 아이의 허전한 마음을 대신하는 색종이 카네이션을 받아드는 이런 아릿함이 어쩌면 흔한 오월의 풍경일지 모르겠다. 선물을 꼭 주고받아야만 감사를 표현하는 것은 아니지 않겠는가. 마음으로 늘 기억하면서 서로를 생각하고 배려하는 것이라면 그것으로 족하리라. 고마운 마음을 진솔하게 편지로 쓴 그 아이처럼 그대로 전한다면 말이다. 그것만으로도 충분히 마음 표현은 될 것이지 싶다.

창가에 붉게 피어난 제라늄 꽃잎 위로 아이의 얼굴이 어른거린다. 눈물이 마르지 않은 채로도 입가에 웃음을 머금으려 애쓰는 어른 같은 아이, 그의 앞날에 늘 축복이 함께하기를 빈다. 오래오래 살아서 아플 때마다 치료해 주고 장성해서 결혼할 때 마음에 남을 좋은 말로 주례사까지 해주겠다고 약속하였다.

사람이 살면서 하지 말아야 할 것과 꼭 해야 할 것 한 가지씩을 고르라고 하면 무엇으로 정하면 좋을까. 꼭 해야 할 일은 바로 자신의 꿈을 이루기 위해 언제 어디서나 성실한 자세로 노력하며 앞으로 나아가는 것이 아니겠는가. 꼭 하지 말아야 할 것은 무엇일까. 그것은 남과 나의 처지를 비교하는 것이 아닐까.

비교하는 마음이 지옥이요, 그 순간 만족은 저 멀리 달아나 버리리라. 그러니 자신에게 집중하며 언제나 긍정적인 마음가짐으로 나만의 행복을 찾아서 살아가야 하지 않겠는가. 나의 처지를 남과 비교하여 얻는 것은 뻔하지 않은가. 비참해지거나 교만해지거나 바로 그것일 것이다. 비교할 대상은 남이 아니라 어제의 나일 것이고 그러려면 늘 반성하며 성찰하며 살아가야 할 것이리라.

탐스럽게 피어난 오월의 꽃들이 손을 흔든다. 근심
걱정일랑 내려놓고 모두를 위해 너와 나의 꿈을 이룰
수 있도록, 서로 도와주는 이가 되도록 노력해 보자.
내가 베풀어준 만큼 상대의 마음도 나를 향해 또 우리
주변을 위해 베풀어질 것이니. 오월이 무르익어 간다.
사랑도 우정도 더욱 깊어지게 하여 오래오래 건강하게
잘 살아가자. 모두 건강하게 오래 사세요.

# 저장하고 싶은
순간들

산딸나무 이파리가 붉은빛을 더한다. 하늘 향해 곧게 뻗은 산딸기처럼 동그란 열매가 빨갛게 익어간다. 나 보란 듯이 우뚝 솟은 산딸나무의 자태가 사뭇 고고해 보인다. 파란 물감을 풀어놓은 듯한 투명한 가을 하늘에 흰 구름 몇 점만이 소리 없이 두둥실 떠서 마음껏 가을을 즐겨보라고 이른다. 가을이 잔뜩 익어간다.

의학도들의 수필 공모전 시상식이 있어 서울행 기차에 올랐다. 들판은 황금빛으로 물들어가고 길가에 하늘거리는 코스모스들이 풍년을 기원하는 것 같다. 말갛게 내리는 햇살에 알곡 익는 소리가 들리는 듯한 오후, 코끝으로 가을 향기를 흠씬 들이켜며 문학의 숲 길로 향한다.

얼마나 바쁘고 힘든 의학도의 생활인가. 그 바쁜 틈에서도 책을 읽고 글을 쓰고, 지우고 또 쓰기를 반복하여 드디어 응모하였을 어린 학생들, 가까이에는 지역의 의대생부터 멀리 제주도에서까지 골고루 응모한 수십 편의 응모작을 심사위원들이 정성껏 심사하였다. 한 편당 평균 4명씩 돌려가면서 예심을 거친 후에 본선작을 뽑았다.

본선에 오른 작품들을 놓고는 최종심사위원들이 한자리에 모여 심도 있는 논의를 거쳐서 등위를 매겨 수상작을 결정하였다. 각자 글에 대해 점수의 차이는 조금씩 날 수 있을 터인데도 탁월한 수작으로 뽑힌 한 학생의 글이 모두의 심금을 울렸다. 학생의 작품이라 생각하기에는 참으로 훌륭한 글이라 정말 놀랍다며 찬사를 보냈다.

시상식과 심포지엄을 위해 수필계와 의료계 인사들이 한자리에 모였다. 서울시 의사회관에 모인 수상자들과 가족들은 모두 상기된 얼굴이다. 얼마나 기쁘겠는가. 바쁘면서도 틈틈이 쓴 글이 선에 들었으니 말이다. 한 학생의 가족은 유학 중이었다. 만약 큰 상을 받게 된다면 귀국하여 시상식에 참석할 것이라 약속했

단다. 아니나 다를까. 그의 짝이 바로 아주 큰 상, 대상의 영예를 안게 되어 귀국행 비행기에 올랐다고 한다. 무대에서 소감을 발표하는 건실한 그 청년의 표정이 참으로 인상 깊다. 시상식이 끝나고 다시 유학길에 올라야 하지만 사랑하는 이의 기쁜 일에 함께해 주었기에 그 얼마나 의미 있는 일이겠는가.

꽃다발을 가슴에 안고 환하게 미소 짓는 수상자들과 마음껏 축하해 주는 선배들의 얼굴이 한가위 보름달처럼 환하다. 어렵고 힘든 과정에서도 묵묵히 진행되는 행사이지만 앞으로 꾸준히 이어진다면 참으로 의미 있는 행사가 되리라 생각되어 먼 거리에서 오르내리지만 힘들다는 생각은 별로 들지 않는다. 우리 지역 후배들도 많이 응모하여 좋은 결과 있기를 바라며 그들의 기뻐하는 모습을 하나하나 가슴에 담으며 다시 기차에 오른다.

자정이 가까운 시간 동대구역에 내리니 비가 부슬부슬 내린다. 역 광장에는 불이 훤히 켜져 있고 낮에는 플랫폼으로 곧장 달려 내려가느라 미처 보지 못했던 멋진 정원이 떡하니 들어서 있는 것이 아닌가. 궁금증이 일어 다가가 보니 지킴이 한 분이 앉아계신다.

주름진 얼굴에 우산도 쓰지 않아 더욱 연로해 보여 조심스레 여쭈어보았다. "여기 계속 계시나요?" 그분은 빙그레 웃으시며 "아~ 밤새 있어야지. 혹시 정원 나무에 달린 과실이 떨어지든가 사람들이 만지거나 하면 안 되니까~."라고 하신다. 그러고 보니 사과가 주렁주렁 달린 나무가 여럿이다. 그 옆으로는 탐스럽게 달린 배도 있고 꽃사과, 수박, 꽃호박, 멜론 등의 과일이 달린 나무들이 울타리 모양으로 둘러쳐 있었다.

한쪽 옆으로는 무엇일까 평소에 궁금했던 꽃들에 이름표까지 달아 아름답게 조명까지 비춰둔 것이 아닌가. 소리 없는 비까지 내리니 빗줄기가 빛줄기에 비쳐 환상의 영상을 만들어내고 있다. 정말이지 간직하고 싶은 가슴 떨리는 순간이다. 아래에는 허브 향이 비에 젖어 향기를 더하고 옆에는 밤새 묵묵히 정원을 지키며 소임을 다하시는 인생 선배의 향내를 맡을 수 있고 가슴에는 의학도 후배의 글에서 느낀 여운이 남아 참 아름다운 밤이라는 느낌이 들어 한참을 서 있었다.

'가우라' 라고 불리는 바늘꽃이 바람에 흔들린다. 빗줄기가 바람에 나부낀다. 빛이 이리저리 흩어지며 노랗게 피어난 메리골드의 모습을 드러낸다. 페퍼민트와 애플민트도 나 좀 봐 달라고 향내를 품어댄다. 바질은 나도 여기 있어요~, 하고 외친다. 넓적한 잎새의 인물 좋게 생긴 크로톤은 하얀 눈꽃 송이 같은 백묘국 옆에서 웃고 있다. 밤새 앉아서 정원을 지키겠다는 지킴이 할아버지 곁에는 화사한 얼굴의 족두리 꽃 풍접초가 약속이나 한 듯 환하게 웃으며 손짓한다. 정원을 보면 그 집의 정원사를 알 수 있다고 했던가. 가을마다 저장하고 싶은 순간들이 많기를 기대한다.

## 좋은
## 관계

---

검은 먹구름을 따라 한차례 소나기가 쏟아지고 난 하늘은 원래의 색을 되찾은 듯 산뜻하게 맑고 밝은 푸른빛이다. 마음은 흰 구름처럼 두둥실 떠오르고 발길은 절로 텃밭으로 향한다. 텃밭의 아이들은 비에 젖어 어떤 표정을 짓고 있을까. 못내 궁금하여 신발도 제대로 끼우지 않았는데도 발길은 벌써 그쪽으로 향한다.

얻어다 심은 목화는 벌써 한 뼘이나 자랐다. 비 한 방울 내리지 않던 뜨거운 여름날을 어찌 그 어린 것들이 견뎌 냈을까. 주말이 되어도 바쁜 일이 생기면 들르지 못하는 시골이라 얻어다 심기는 했지만 그들의 생사가 내내 걱정되었다. 목화꽃을 제일 좋아한다는 한 아이 엄마가 가져다준 목화 모종, 그녀는 티끌 하나 없는 연한 아이보리색 옷을 입고서 목화 모종을 손에 들고 하염없이 웃고 서 있었다. 고마워서 가져왔다는 그녀의 모습이 정말로 순수해 보여서 거절하지 못하고 두 손을 마주 잡고 웃어 주었다. 목화가 잘 자라나면 어디선가 그녀의 아이들도 사랑스럽고 포근하게 잘 자라나겠지 하는 마음으로.

한국어가 서툰 아이의 엄마는 정말이지 무엇이라도 자신이 일을 하면서 하나하나 배워나갔다. 아이가 성조숙증으로 치료받게 되었을 때, 그녀는 목화솜 같은 부드러운 목소리로 내게 다가와 속삭였다. 무슨 검사든지 필요하면 모두 해서 아이에게 큰일이 생기지 않게 해 달라고 말하였다. 그녀의 부드러운 목소리가 목화 모종에서 들려오는 듯하다. 멀리 타국에서 우리나라로 시집온 아이 어머니, 그녀가 의지하고 기댈 곳이라고는 자신이 만나는 우리들이 전부이지 않겠는가.

아이가 너무 이른 나이에 성숙이 되기 시작하여 이런저런 검사를 여러 가지 하게 되었다. 골 연령 검사, 혈액검사, 성선자극호르몬 분비검사 등을 말이다. 그 검사 결과 성호르몬의 수치가 너무 높아 급기야 머릿속에 어떤 이상이 있는지도 검사해 보아야 할 지경이

었다. 아이의 어머니에게 사정 이야기를 하고 혹시라
도 모를 뇌 이상 유무를 확인해야 마음 놓고 치료를 할
수 있다고 설명했다. 그녀는 흔쾌히 동의했다. 치료에
필요한 것이라면 무엇이든 다 할 것이라면서 MRI(자기
공명영상) 촬영에 동의서를 작성해 내민다. 어떤 일이라
도 늘 긍정적으로 여기며 항상 밝은 표정을 짓는 그녀
의 일상에 아무런 먹구름이 끼지 않기를 바라며 작성
한 동의서를 훑어보았다. 설명을 잘 알아듣고서 일일
이 자필로 작성한 그녀의 글자를 보다가 한 곳에 눈길
이 자동으로 멈추는 것이 아닌가.

'관계'라는 항목이었다. 작성한 사람이 검사받을
아이와 어떤 사이인지를 밝히는 곳이다. 아버지라면
통상 '부父'를 적고, 어머니라면 '모母'라고 쓴다. 한자
를 배우지 않은 세대는 '아빠', 또는 '엄마'라고 적고
외국에서 공부한 적이 있는 사람은 더러는 DADDY,
MOMMY 하고 적는 칸이다. 그곳에 목화 같은 그녀가
적은 글자는 얌전하게 앉은 모습의 '좋은'이었다. 자
기 아들과 그녀 사이가 나쁘지 않고 좋다는 뜻이리라.

그 글자가 나를 웃음 짓게 하기보다는 묘하게 가슴
깊은 곳을 찌르르 울렸다. 아무리 우리나라에서 오래

살고 부지런히 사람들과 관계를 맺으며 문화에 적응해 가더라도 정말이지 속속들이 완벽하게 따라잡기는 힘드는가 보다 싶어서.

언젠가 길을 묻기에 외국인에게 지도를 다운받아서 찾아서 가라고 한 적이 있었다. 그때 그녀가 하던 말이 불현듯 떠오른다. 맵다? 카라이(からい)? '맵(지도, map)을 다운(download)' 받아서 가라고 한 것을 자기는 '음식의 맛이 맵다.' 라고 알아들었나 보았다. 우리네 인생살이에서 어느 것 하나 어렵지 않고 술술 쉬운 것만 있겠는가? 삶이란 여러 가지 살아가면서 스스로 느끼고 시행착오를 거쳐야 크게 자랄 수 있지 않겠는가. 부딪히고 깨지면서 길이가 자라고 품이 넓어지고 또 마음이 깊어가는 것 아니랴.

미국에 있는 트위터 본사에는 거꾸로 붙은 글귀가 있다. '내일은 더 멋진 실수를 하자(Let' s make better mistakes tomorrow)' 이는 바로 색다른 도전을 하자는 말이 아니겠는가.

나를 기댈 곳이라고 생각하여 들고 왔다는 그녀의 목화 모종이 자라서 다행이다. 올해엔 어느 때보다 더 튼실하고 풍성한 목화송이를 맺어서 그녀 가족뿐 아니

라 우리 주변의 모든 어려운 이들에게 기쁘고 좋은 소
식을 듬뿍 가져다주기를 희망한다. 누구든 새로운 도
전을 하면서 만나는 뜻밖의 일들이 인생을 더욱 풍성
하게 하는 자산이 될 것이니.

## 지금 그 느낌이
## 답일 터이니

아침에 나서니 목이 따끔거린다. 인사하는 이에게 답하려는데 목소리가 잠겨 말이 잘 나오지 않는다. 콧물도 흐르고 머리도 아파 온다. 얼른 약이라도 챙겨 먹어야지 이러다가 덜컥 드러눕게 될까 걱정스럽다.

기온차에 예민한 이들은 벌써 열이 오르고 기침 콧물에 설사까지 해댄다며 축 늘어져 외래를 찾는다. 해수욕을 다녀왔다며 콧잔등까지 다 벗겨져서 건강한 모습이던 아이는 다 죽어가는 표정으로 "제발 나 좀 살려 주세요." 한다. 아침저녁 쌀쌀한 기온에 일교차가 커지면서 저항력 약한 사람들은 괴로워한다. 하루 일교차가 10도 이상 크게 나는 환절기에는 호흡기 질환이 잘 발생한다. 그러니 실내 습도를 적절히 유지하고 무리

한 생활을 하지 않는 것이 좋다. 그리고 면역력을 높여주는 것이 중요하다. 우리 몸이 외부 온도에 대한 스트레스로 인해 자율신경계 시스템에 균형이 깨져 체온조절이 잘되지 않아 방어력이 저하되어 있기 때문에 면역력을 높이는 것이 무엇보다 필요하다.

가을이 되면 날씨가 건조해지고 기온이 내려가 추워지면서 바이러스가 활동을 시작한다. 그러니 만병의 근원이라는 감기부터 조심해야 한다. 감기 안 걸리는 특별한 비법은 없지만, 그래도 가장 손쉽게 할 수 있는 방법은 급격한 온도변화에 잘 적응하는 것이다. 외출 시에는 얇은 옷을 겹쳐 입어서 온도 변화에 적절하게 대응하여 자율신경계에 과도한 스트레스를 주지 않도록 하면 도움이 된다.

적정한 습도 유지도 필요하다. 코점막은 우리 몸에 여러 가지 유해균이 침입하는 것을 막아주지만, 코안이 건조해지면 섬모운동이 둔해져 균에 대한 방어력이 떨어진다. 실내 습도는 40~60%로 유지하고 충분히 물을 마셔야 점막이 건조하지 않게 된다. 하루 1.5~2 $l$ 정도의 수분을 섭취하면 점막의 방어력을 유지하는 데 좋다.

몸의 면역력을 높이기 위해서는 운동이 꼭 필요하다. 하루에 30분씩 적어도 일주일에 3번 이상 몸에 땀이 날 정도로 움직이는 것이 좋다. 면역력을 기르기 위해서 적절한 영양 공급, 운동, 그리고 잠을 충분히 자는 것도 중요하다. 또 스트레스를 적절히 해소하는 것이 바람직하다.

격월로 하는 단체 행사가 코앞으로 다가오자 준비할 일이 한둘이 아니다. SNS에 각 임원이 챙겨야 할 사항을 새벽같이 올려두었다. 보통 때 같으면 누구보다 먼저 답을 보내오던 이가 하루가 다 저물도록 반응이 없었다. 의아한 마음에 인사를 보냈다. "잘 살고 있지요?" 한참 지나 그가 답을 보냈다. "괜찮아요. 기도 많이 해 주세요."라는 것이 아닌가.

순간 이상한 느낌이 들어 전화기를 들었다. 전날 저녁 통화에서도 별일 없었는데, 밤사이에 그의 배우자가 쓰러져 중환자실에 있다고 한다. 어쩌면 좋으랴. 새벽 늦게 수술이 끝나 지금은 면회도 되지 않는 상태라고 하니 달려가 볼 수도 없고. 얼마나 마음 졸였겠는가. 그래도 평정심을 찾아 그동안의 자초지종을 차분히 전한다.

친구들과 저녁을 먹고 스포츠센터에서 실내 운동을 하던 중 갑자기 어지러워 의식을 잠시 잃었단다. 그때 옆에 있던 친구가 그도 얼마 전 똑같은 증상으로 병원에 가니 몸의 균형과 청각에 이상이 생겨 어지럽고 구토 두통이 생기는 메니에르병이었다면서, 자기가 먹는 약을 꺼내 쓰러졌다가 의식이 돌아온 친구에게 건넸다. 약 복용 후에 몇 시간이 지나도 머리가 무겁고 기분이 개운하지 않아 병원을 찾아 정밀 촬영을 했다.

결과는, 세상에! 엄청난 혈액이 뇌 속에 가득한 것을. 뇌혈관이 터진 뇌출혈, 지주막하출혈이었다고 한다. 응급실로 달려가 혈관 조영술을 시행하여 그곳으로 코일을 집어넣어 혈관의 터진 부위를 막았다니 정말 천운이지 않은가.

어찌 그런 일이 있을까. 사람마다 병에 대한 증상과 통증의 정도가 다르게 오기는 하지만, 정말 기적이라고 생각할 수밖에 없을 것 같다. 항상 낙천적이고 긍정적인 그였기에 큰 병이 닥쳐도 그래도 그나마 다행스럽게 지나가는 것은 아니랴 싶다.

세상을 살면서 자신의 의지와는 상관없이 일어나는 일, 어찌하겠는가. 이때 자신의 마음을 다스리는 데 중요한 역할을 하는 것이 바로 스스로 깨달음인 것 같다. 조금 이상하다고 느껴진다면 마음이 시키는 대로 하는 것, 바로 그 느낌이 답이지 않으랴. 진실하고 성실하게 사는 사람들은 스스로 깨달음을 얻어 어떤 고난 앞에도 굴복하지 않는 것 아닐까.

그도 굳은 신념으로 병을 거뜬히 이겨내고 털고 완전히 회복되어 벌떡 일어나기를 기도한다. 수천 번의 생을 반복하여 산다고 해도 우리들이 다시 만날 수 있는 확률은 얼마나 되겠는가. 그러니 곁에 있는 사람을 항상 사랑하며 후회 없이 살아가자. 지금 그 느낌이 답일 터이니.

흔적

마음만 잘 다스리면
우리의 삶이 참으로 행복해질 수 있다.
아무리 좋은 목걸이라도 목에 걸 때 의미가 있고,
아무리 아름다운 오솔길이더라도 즐기지 않으면
의미가 없지 않겠는가.

# 기적 같은
# 당신의 사랑을

동지가 지나고 나니 해가 떠 있는 시간이 조금씩 길어진 것 같다. 홍역 유행 소식 때문인지 병원 방문객이 줄었다. 오랜만에 여유롭게 진료를 마치고 동료와 함께 식사하러 갔다. 밥을 먹으며 이야기꽃을 피우는데 안내방송이 들려온다. 적십자 혈액원에서 혈액을 구하러 출장차가 대기하고 있으니 가능한 직원은 헌혈에 동참해 달라는 것이 아닌가. "피(혈액)가 없습니다. 모든 혈액의 수급이 힘들고 특히 O형은 대구혈액원 보유량도 거의 없어서 받아 올 수 없어서 답답한 사정을 알립니다."는 알림도 받았다.

아무리 급히 피를 구해도 혈액이 없어 발을 동동 구르는 모습이 떠올라 마음 무거웠었다. 이 기회에 헌혈해야 하지 않으랴. 수저를 놓고 바로 헌혈차를 향해 달려갔다. 전자 문진을 하고 혈압을 재고 난 다음 혈액 검사를 하였다. 사전 검사를 하던 직원은 뽑은 혈액의 색깔을 보더니 고개를 갸우뚱하며 물었다.

"어지럽지 않으세요?" "아니요! 아주 건강한 걸요." 내가 자신 있게 대답하자 그녀는 나의 혈색소 수치가 낮아 수혈 불가라는 것이 아닌가. "세상에~! 그럴 리가 없어요. 알코올이 마르고 난 다음 다시 채혈해서 검사해 봐 주세요."라고 우기자 그녀가 다시 채혈했지만, 결과는 빈혈이었다. 혈색소가 12.5는 되어야 가능한데 그보다 한참이나 아래였으니…. 건강을 과신한 탓이었을까. 지난 몇 달 끼니도 거르고 바쁘게 다닌 후유증이었을까. '빈혈'이라는 이야기에 눈앞이 노래지는 것 같았다. 어쩌랴. 잘 챙겨 먹고 빈혈에서 벗어난 다음에 헌혈할 수밖에.

나이 어린 한 직원은 몇 년 전부터 열심히 헌혈한 공로로 금장을 받았다. 그 이후 지속적인 헌혈로 명예의 전당에까지 이름을 올리지 않았던가. 그의 건강관리 비결을 물어보고 싶어진다. 얼마나 잘 관리하였기에 그리도 자주 헌혈할 수 있었던가. 그의 노력과 열정이 오늘따라 무척이나 부럽다.

막내도 헌혈할 수 있는 나이가 되기를 손꼽아 기다리고 있었다. 학교에 헌혈차가 왔기에 달려갔더니 만 16세 생일이 되지 않아서 하지 못했다며 아쉬워하였다. 나이가 되면 헌혈부터 하고 싶다던 아이의 심정을 이해할 것 같다. 피를 나누는 것은 생명을 나누는 일이기에 그보다 더 고귀한 사랑의 나눔은 없을 것 같다던 녀석의 말, 헌혈 기념품을 받는 대신 그것마저 기부하겠다는 녀석이 참 대견하게 보이기도 하였다.

아무리 고귀한 사랑이라도 아무나 헌혈할 수는 없다. 헌혈이 가능한 나이는 만 16세부터 69세까지다. 헌혈은 실명제이기에 주민등록증이나 여권 등 관공서나 공공기관이 발행한 신분증도 있어야 한다. 신분증을 확인함으로써 헌혈자가 헌혈기록과 검사 결과를 정확히 관리할 수 있다.

헌혈하기 전에 상담과 함께 간단한 신체검사. 혈압과 맥박, 체온 측정과 혈소판 수 측정, 혈액형 검사, 혈액비중 검사도 한다. 혈압도 수축기 혈압 90mmHg 미만 또는 180mmHg 이상, 이완기 혈압 100mmHg 이상 맥박은 1분간 50회 미만이나 100회 초과, 체온 37.5도

초과 시에는 채혈하지 않도록 혈액관리법상 제한을 두고 있다. 체중 제한도 있다. 남자는 50kg, 여자는 45kg 이상이어야 수혈 가능하다.

과거에 피를 헌혈한 적이 있다면, 몸속 혈액이 재생되기 위해 충분한 시간이 필요하기에 바로 헌혈하기 어렵다. 피를 그대로 뽑아내는 전혈 헌혈의 경우는 2개월에 1회씩 가능하고, 혈액 중 일정 성분만 분리하는 성분 헌혈은 만들어지는 시간이 짧기에 2주에 한 번씩 가능하다. 질병이 있거나 특정한 약을 복용한 사람이 수혈한 피는 바이러스나 약물 성분이 남아있을 수 있기 때문에 일정 기간 제한을 받을 수 있다.

또한 인플루엔자, A형 간염 등 예방접종의 경우는 24시간, B형 간염 예방접종은 2주가 지나야 가능하다. 누구든지 전혈 헌혈은 1년에 최대 5회만 가능하다. 나라에 상관없이 해외여행을 했다면 귀국한 지 1개월이 지나야 헌혈할 수 있다. 특히 말라리아 등 질병 위험이 높은 지역을 다녀왔으면, 그 여행 기간이 단 하루였다고 하더라도 1년 동안에는 채혈기를 이용하여 혈장만을 채혈하고, 나머지 성분은 헌혈자에게 되돌려 주는 헌혈인 혈장 성분 헌혈만 가능하다.

헌혈하게 되면 우리의 몸은 내부, 외부의 신체 변화에 대해 뛰어난 조절 능력을 갖추고 있어 헌혈 후 1~2일 정도만 지나도 일상생활에 지장이 없도록 혈관 내외의 혈액 순환이 회복된다. 자가진단을 통해 가까운 헌혈의 집을 방문하여서 기적 같은 해가 되도록 당신의 사랑으로 생명을 살릴 기회, 헌혈을 실천해 보면 어떨까?

# 명품직원
# 만들기

부서원들이 속속 모여들기 시작한다. 달랑 한 장 남은 달력에 커다랗게 그려진 동그라미 아래에 적힌 글자는 '전 직원 브레인스토밍'이었다. 연말이 되어 여기저기 송년 모임으로 들뜨기 쉬운 날들이지만, 올한 해 어떻게 살아왔는지, 얼마나 열심히 달려왔는지 돌아보는 시간을 갖자는 취지로 열리는 행사다.

반공일이라 부르던 시절이 있었다. 그때엔 공휴일로 쉬는 일요일보다도 더, 오전에 일하고 오후에는 쉴 수 있다는 생각에 출근할 때부터 마음이 부풀어 있곤 하였다. 지금은 토요일 진료 대신 응급실과 병실, 당직자만 나와서 근무하고 각자 입원 환자를 회진하는 체계로 바뀌어서 외래 진료는 하지 않아 자유로울 터이지만, 모처럼의 휴일에 병원에서 브레인스토밍하러 출근하는 직원 중에는 이마에 내 천川자도 더러 보인다. 하지만 어쩌겠는가. 잘되는 방향으로 나가 보자고 하는데 달리 방도가 있으랴.

큰 눈이 내릴 것이라는 예보가 아침을 더욱 더 춥게 느끼게 한다. 손을 불어가면서 하나둘씩 강당으로 모여든다. 한 사람 한 사람 자리에 앉아서 조별로 나뉘어 있는 안내 용지를 받아들고는 조원들의 얼굴을 살핀다. 칠백여 명의 직원이 여러 부서에 나뉘어 근무하다 보니 그동안 잘 만나지 못하던 이들과 악수를 하며 우의를 다진다.

조별로 나누어 심도 있는 토론을 거쳐 주제에 대한 결론을 얻은 직원들, 파워포인트에 각 조의 의견을 종합하여 발표하는 시간이 되었다. 그 짧은 동안 얼마나 열띤 토론을 하였을까. 생각지도 못한 말로 발표를 마무리하는 직원들이 대단해 보인다. 한 해 동안 다른 직원보다 30분 일찍 출근하여 먼저 진료 준비를 한 번 해 보기로 하였다는 직원, 그동안 자신과의 약속을 지키려 부단히 노력했다는 신입 직원의 이야기가 가슴 찡하게 들린다. 작은 일이라 여길지 모르지만, 한 가지라도 성공하게 되면 그 성공 경험이 쌓여서 더 나은 내일이 찾아오지 않겠는가.

언제나 간호사들의 고충을 들어주며 일일이 챙기던 팀장은 '명품가방과 짝퉁가방의 차이가 무엇인가?'라는 물음으로 발표를 마무리한다. 비가 오면 명품가방이라면 비에 젖을까 봐서 품에 끌어안지만, 짝퉁이라면 그다지 아깝지 않을 것이니 내 머리가 비에 젖을까 봐서 머리 위에 올려 비라도 피하지 않던가. 그의 결론은 아무리 진료 환경이 어려워도 소중한 명품을 대하듯이 자신이 근무하는 병원을 명품으로 생각하고 끝까지 가슴에 품고 끌어안고 나가리라는 다짐이리라.

크레스피 효과가 떠오른다. 공부하지 않는 자식이 있다면 부모는 이번 시험에서 좋은 성적을 거두면 선물을 주겠다고 약속할 수도 있다. 직원의 수행능력을 높이기 위해 총수는 직원의 월급을 어느 정도 올려주기로 할 수도 있을 것이다. 성적이나 일의 성과에 따라서 보상이나 처벌을 한다고 할 때 그것이 효과를 내려면 점점 더 강도가 세져야 한다고 주장한 이가 바로 미국의 심리학자 '레오 크레스피' 교수다.

크레스피 교수는 이를 증명하기 위해 실험을 하였다. 그는 쥐가 미로 찾기에 성공할 때마다 A 집단의 쥐에게는 먹이 1개씩을, B 집단에게는 먹이 5개씩을 보상으로 주었다. 그 결과 먹이 5개를 받은 B 집단의 쥐들이 더 빨리 미로에서 탈출하였다. 이후 크레스피 교수는 A 집단 쥐들의 보상을 5개로 늘리고, B 집단 쥐들의 보상은 1개로 줄였다. 결과는 어떻게 됐을까?

보상을 늘린 A 집단의 쥐들이 B 집단의 쥐들보다 훨씬 더 빨리 미로를 탈출하였고, 보상을 줄인 B 집단의 쥐들은 A 집단의 초기 성적보다 훨씬 낮은 수행능력을 보였다. 이전보다 상대적으로 얼마의 보상을 받느냐가 일의 능률 향상에 영향을 끼친다는 사실을 드러내는 실험이었다.

당근 전략 또한 긍정적 수행능력을 끌어올리기 때문에 적절히 사용할 경우 시행하는 사람과 받는 사람 모두에게 이로운 결과를 도출한다. 경제적, 물질적 보상이 당연시되면 계속해서 '전보다 더, 전보다 더'를 원하게 될 수도 있을 것이다. 칭찬이 계속되면 그것이 당연해지다 점점 부담감을 느끼게 되고, 질책이 계속되면 점점 비난, 폭언 등으로 나아가는 일이 생길 수도 있지 않겠는가. 그러니 동료 직원의 능력을 끌어올리고 싶다면 크레스피 효과를 기억해 두면 좋지 않으랴. 적절한 당근과 채찍으로 모든 직원이 명품이 되어 날마다 즐겁고 신나는 직장의 하루로 살아가기를 기대한다.

## 먼저, 빨리,
## 제때, 자주

맑고 투명한 하늘이다. 가로수 아래 삼삼오오 작업하는 손들이 눈에 들어온다. 차가운 날씨에도 말없이 제자리를 지키는 나무의 겨울나기를 도우려는 이들이다. 널따랗게 엮은 짚으로 나무의 허리를 감싸고 가로수 발 언저리 땅에는 자그마한 남천을 심고 있다. 추운 계절에도 빨강으로 물들어 흔들리는 남천의 잎들이 대견하다. 삭막한 날에 붉게 물든 이파리들이 지나는 길손의 마음을 따스하게 데워줄 것이리라. 따스한 인정이 모여 세상을 훈훈하게 해주듯이.

옷을 겹쳐 입고 목도리를 감는다. 코가 맹맹하고 머리가 지끈거린다. 병으로 발전하지 않기를 바라며 한기가 드는 몸에 주문을 건다. "나는 건강하다. 어떤 균도 나에게 범접하지 못한다."

길 나설 준비를 하는데 동료가 소식을 전한다. 아침에 일어나니 머리가 아프고 속이 울렁거려 도저히 나오지 못하겠다는 것이 아닌가. 눈도 뜨지 못할 정도로 온몸이 아파서 결근한다는 안타까운 알림이었다. 고통스러워할 그의 얼굴이 떠올라 마음이 아려왔다. 퍼져 누워 있을 그에게 아무런 걱정하지 말고 얼른 회복하라고 위로하며 출근을 서두른다.

직원들이 맞는 독감 예방접종을 바쁜 스케줄 때문에 놓쳐버린 것은 아니었을까. 자신의 몸을 챙길 틈도 없이 업무에 골몰하는 그가 떠올라 가슴이 짠해 온다. 바쁜 일상에서 영하의 날씨를 얕잡아 보았을까. 여러 가지 일로 한껏 긴장해 있던 몸이 갑자기 해이해져 버렸을까. 마스크를 쓰고 있던 그에게 몸을 먼저 챙기라고 얘기해 주지 못한 것이 못내 마음에 걸린다.

현실로 돌아오면 충분한 위로를 전할 여유도 없이 아파 누운 사람의 자리를 메울 손이 필요하지 않겠는가. 빈자리가 표나지 않도록 다독여 일을 마무리해야 하지 싶어 마음이 바빠진다. 아무런 표시 나지 않게 일이 돌아가게 하는 것, 그것이 바로 환자가 되어 버린 동료의 처지를 이해하고 도와주는 것일 터이니까.

수은주가 확 내려가자 열 오른다는 이들이 많다. 겨울과 함께 찾아오는 불청객, 독감에 대한 주의보도 발령되었다. 질병관리본부에서 발령한 독감 유행주의보에 응답이라도 하듯 여기저기서 온몸이 두들겨 맞은 듯이 아프고 목이 아파 침을 삼킬 수도 없다는 하소연이 들린다.

매년 맞아야 하는 독감 예방접종을 놓쳐버렸다며 지금은 너무 늦지 않았느냐 걱정하는 이들도 있다. 모든 일이 그렇듯이 안 좋은 일이 찾아오고 나서야 후회하게 된다. 스피드 시대 아닌가. 사람의 일생도 기업을 경영하듯 매사 먼저, 빨리, 제때, 자주 챙기고 돌아보면 몸과 마음에 충격을 주는 일을 덜 맞이하지 않으랴 싶다.

독감은 감기가 독한 것이냐고 묻는 이들이 있다. 독감은 인플루엔자 바이러스가 일으키는 것으로 일반 감기와는 완전히 다른 병이다. 열과 콧물 기침이 있어 감기와 비슷해 보이지만 아픈 정도가 판이하다. 독감은 갑자기 고열이 나고 온몸이 아파 몸살에 걸렸다고 표현한다.

일반적인 감기는 해열제나 감기약을 먹으면 몸 온도가 내려가면서 몸이 편해지는 느낌이 있지만, 독감은 해열제나 감기약을 먹어도 열이 잘 안 내려가거나 조금 떨어졌다가 다시 오르며 열 조절이 힘들다. 해열제나 감기약을 먹어도 열이 안 떨어진다면 병원을 찾아보는 것이 좋다. 독감 검사로 확진할 수 있으니 빨리 진단을 받는 것이 올바른 치료의 지름길이다.

"독감에 걸리면 어떻게 해요?" 수심 가득한 얼굴이 다가와 묻는다. 인플루엔자로 진단되면 가능한 한 빨리 치료를 시작하여 충분한 기간 약을 먹어야 한다. 소화 잘되는 부드러운 음식으로 영양 공급을 하고 고열로 인해 탈수될 수 있으니 충분한 수분을 섭취해야 한다.

매년 맞았었는데 하필 올해는 바빠서 독감 예방접종을 놓쳤다는 이들이 많다. 그렇다면 지금이라도 맞는 것이 좋다. 독감은 12월이나 1월에 발생하지만 늦게까지 유행하기도 한다. 예방접종 후 항체 생성까지는 2주 정도의 시간이 필요하니 서두르는 것이 좋다.

모든 병이 그러하듯 평소 면역력을 잘 길러주는 생활을 하는 것이 무엇보다 중요하다. 건강의 비결은 생활 습관에 있지 않던가. 음식을 챙겨 먹고 꾸준히 운동하면서 스트레스받지 말고 평상심으로 생활한다면 병은 쉽사리 우리에게 찾아오지 못할지 모른다.

사람이 많이 모이는 곳, 감염되기 쉬운 곳을 피하고 손을 깨끗이 잘 씻는 습관도 중요하다. 늘 규칙적인 생활과 올바른 손 씻기를 습관화한다면 독감 정도는 충분히 이길 수 있지 않으랴. 올해도 모두 먼저, 빨리, 제때, 자주 챙기는 건강한 생활 습관으로 아프지 말고 행복하게 마무리할 수 있게 되기를.

## 너에게
## 나는

파란 하늘 아래 햇살이 끝없이 비친다. 볕 아래 잠깐 서 있었을 뿐인데도 정수리가 화끈거린다. 대지가 뜨겁다. 간간이 불어오는 바람도 화끈하다. 여름은 더워야 제맛이라던 제트스키장에서 일하는 청년의 얼굴과 햇살이 뜨겁게 내리쏟아야 과일이 제맛이 난다던 과수원집 처녀의 검게 탄 얼굴이 떠오른다. 원도 한도 없이 뜨거워진 태양에 그들처럼 감사하는 이들도 있을 터이니 이만한 더위쯤이야 잠깐 참으면 되지 않겠는가.

바람의 흔적을 찾고 있는데 전화벨이 울린다. 연전에 딸의 혼사를 치렀던 선배님이었다. 그분은 약 보름 후면 할아버지가 된다고 한다. 딸의 출산일이 얼마 남지 않아 산부인과 병원을 방문하였더니 아기와 접촉하는 어른들은 미리 예방접종을 해야 한다는 지시를 받았다는 것이 아닌가. "할아버지 되기 위해서 주사 맞아야 한다네. 아기가 아니고 다 늙은 어른이 무슨 주사를 맞아야 해?"라며 의아해하시는 것이었다. "맞습니다. 선배님, 할아버지 할머니 되기 위해서는 필요한 예방접종 꼭 해야 합니다. 아기의 건강을 위해서, 아기 돌보는 어른의 건강을 지키기 위해서도 꼭 챙겨야 합니다. 그중에서도 특히 백일해 예방접종을 꼭 하시기 바랍니다."라고 조언해 드렸다.

예전에는 예방접종이 소아·청소년의 전유물이라고 생각했었다. 요즘에는 성인에서의 예방접종의 중요성이 강조되고 있다. 감염병 발생을 막기도 하지만, 발병하더라도 중증 감염병으로 진행되는 것을 줄여서 입원과 사망률을 낮춘다. 중년기를 지나면 적절하게 관리해야 각자의 사회적, 가정적 역할을 충실히 해낼 수 있을 터이고 또 이때는 성공적인 노후를 준비해야 하는 시기이기도 하기에 적은 노력과 비용으로 최고의 효율을 내는 방법이 바로 예방접종이지 않으랴 싶다.

10여 년 전 서울의 유명대학병원 병원장과 부원장 등 상당수 직원이 발작적인 기침으로 고생했다. 이들은 기침이 몇 개월 동안 계속되자 검사 대상물을 국립 보건원에 보내 유전자 검사를 의뢰했다. 결과는 백일해였다. 유치원 교사들과 병원 종사자들도 수두와 뇌수막염 등 각종 감염병에 늘 노출되어 있다. 어린 시절에 했던 예방접종의 면역력은 나이가 들면서 떨어지게 된다. 그렇기에 어른도 필요한 예방접종 하기를 권장한다.

나이가 든 성인에게 필요한 예방접종으로는 백일해, 파상풍, 디프테리아, A형간염, 인간유두종 바이러스, B형간염, 수두, 독감, 폐렴 사슬알균 등이다. 군인, 기숙사 생활자는 수막알균 예방을 해두는 것이 좋다. 가임여성, 임산부는 풍진, 독감, 수두 항체검사, 풍진 항체 검사 등을 미리 챙겨야 한다.

그 외에도 가끔 홍역이 의심되는 환자들이 나타난다. 홍역은 나이와 관계없이 한번 앓으면 평생 면역력이 지속하므로 다시 감염될 우려가 없는 것으로 알려져 있었다. 하지만 우리나라는 1980년대부터 예방접종을 시작한 후 환자가 감소하고 있지만, 접종 후 10년이 지나 면역력이 떨어지면서 홍역에 다시 걸릴 가능성도 있으니 주의하는 것이 좋다. 특히 어른이 홍역에 걸리면 어린이가 걸렸을 때보다 증상이 심하고 합병증도 더 심각할 수 있어서 조심해야 한다.

또 노년층에서 꼭 맞아야 하는 접종은 대상포진 백신이다. 대상포진은 수두를 앓았던 성인에서 신경절에 잠복 감염되어 있던 수두 바이러스가 재활성화되어 발생하는 질환이다. 50대에 접어들면서 발생률이 급격히 증가한다. 최근에는 환경오염, 스트레스 등 다양한 영향으로 인해 젊은층에서의 발생 또한 가파르게 늘고 있다. 그중 특히 65세 이상의 고령에서는 발생률 자체가 높을 뿐만 아니라 대상포진의 피부병변이 치유된 뒤에도 극심한 통증이 유발되는 '포진 후 신경통'이 오랜 기간 지속해 고령 환자에게 삶의 질 저하를 가져오는 대표적 질환이다.

특히 고령에서 많이 생기는 '포진 후 신경통'은 오랜 기간 치료해도 6개월 이상 장기간 지속하는 경우가 많으며 치료 과정 중 통증으로 인한 우울증 발생, 심지어는 자살에 이른다는 보고가 있을 정도로 극심한 통증을 유발한다는 심각성이 있다. 수두를 앓았던 사람은 모두 대상포진의 발병 우려가 있으므로 꼭 접종 대상이다.

# 고치기를
# 꺼리지 말라

마음이 조마조마한 날이다. 태풍과 강풍 피해 장면들을 볼 때면 분지에 사는 덕분에 그나마 큰 피해 없음에 다행이라는 생각이 든다. 내리는 빗줄기를 바라보며 오늘도 아무 피해 없기를 바라는 마음 간절하다.

의료계의 긴박한 상황들이 일단 진정국면으로 접어드는 듯하지만 집단행동을 주도했던 비상대책위원회는 의협과 정부·여당 합의안에 대해 절차상 문제를 제기했다. 최종합의안이 만들어졌다고 하지만 집단행동에 나섰던 그들이 전혀 내용을 듣지 못했다고 하니 참으로 안타깝다. 전임의 협의회, 대한 의과대학·의학전문대학원 학생협회와 젊은 의사 비대위를 꾸려서 연대하고 있다. 아무리 의사협회장이 전권을 위임받아

협상을 진행한다고 해도 최종협상안은 그들의 앞날에 직접적인 관련이 있기에 내용을 알리고 그 상황에 대해 상의했어야 하지 않은가. 그것을 패스했다고 하니 전공의들을 대신해 병원 일에 골몰하고 있던 사람으로서 안타깝기 짝이 없다.

과정은 언제나 공정해야 하지 않던가. 절차는 또 정당해야 하지 않은가. 최종 합의안의 내용도 의료계 전체가 바라던 '철회'가 들어 있지 않고 아무리 그 뜻이 '원점 재논의'와 같다고 한들 젊은 의사들이 분개해 주장해 온 명분에 미치지 못한다. 의협과 복지부의 합의안에 단체행동 중단이 적시된 데에도 전공의 단체는 반발하고 있다.

젊은 의사들의 단체가 의협 산하 단체이기는 하지만 단체행동은 그들 의견을 먼저 들어봐야 마땅하지 않겠는가. 대한전공의협의회도 이제껏 해오던 단체행동을 어떻게 할지 논의 중이라고 하지만 참으로 안타까운 상황이다. 코로나19는 아직도 끝나지 않았고, 수련해야 하는 전공의들의 마음은 허탈할 것이며, 국가고시를 앞둔 의과대학생들은 코앞에 다가온 미래를 결정짓는 시험에 미처 준비할 시간도 없었을 텐데 의료계가 단합된 모습을 보이지 못하고 있는 것에 가슴이 답답하다. 특히나 정부 여당과 의협의 협상 과정에서 대한전공의협의회가 배제됐다는 것을 알았을 때 그 허탈감은 어떠했겠는가.

아름다운 마무리를 기대했지만, 의사회 내부의 갈등과 분열, 진통이 예상되는 가운데 이렇게 지루하게 이어지는 코로나로 인해 참 울적하다. 잘못이 있으면 그것을 인정하고 진정한 사과와 수습을 해야 하는데, 의료계 선배로서 최종 협상안으로 타협하는 과정에 문제는 없다는 식이면 고생하며 투쟁했던 어린 의사들, 상대방인 그들의 마음은 어떠하겠는가.

공자님도 이르지 않던가. 잘못하고도 고치지 않는, 이것을 잘못이라고 한다고. 사람은 잘못을 하지 않을 수는 없다고 생각하고 잘못을 고치지 않는 것이 더 큰 허물이라고 했다. 그래서 '허물을 고치는 데 꺼리지 말라'고 말한 것인데, 잘못이 없다는 의료계의 수장. 잘못이 있는데 고치기를 주저하면 같은 잘못을 다시 범할 위험이 있고 잘못은 또 다른 잘못을 낳을 수 있으므로 잘못을 고치는 데 꺼리지 말고 즉시 고치도록 최선을 다하는 것이 옳지 않겠는가.

전공의들이 떠난 자리를 메우며 날마다 발생하는 신종 감염병 환자를 진료하는 이들, 불안한 마음과 허탈한 마음이 교차하며 일이 손에 잡히지 않는 이들이 많을 듯하다. 좋은 해결책으로 환자 진료하는 손길에 힘이 나면 얼마나 좋으랴.

9월, 입원하는 아이들이 끊이지 않는다. 코로나바이러스 검사에서 바이러스의 활성도를 나타내는 수치도 엄청나다. 그 수치를 보고 있으면 이 아이가 언제 열이 내리고 설사가 그치고 식사를 제대로 할까 걱정스럽다. 코로나 검사에서 음성으로 나온 어머니가 확진자 아이를 데리고 입원했다. 아이는 감염력 지수를 나타내는 수치가 아주 강했다. 도대체 이 신종바이러스는 어떤 기준으로 사람들에게 감염돼 증상을 일으키는가?

확진자 아이를 간호하는 어머니는 회진 때 보면 아이를 품에 꼭 껴안고 있곤 했다. 그때마다 강조했다. 아무리 사랑하는 자식이더라도 너무 가까이 붙어 있지 말라고. 마스크도 꼭 쓰고 손 위생을 철저히 하라고. 그때마다 알았다고 하던 아이의 모친이 고열이 시작됐다. 코로나 검사를 해보니 양성, 확진이다. 그렇게 조심하라고 일렀거늘….

어쩌겠는가. 아이가 아픈 것을 건강한 몸으로 바라보는 자신이 미안했을까. 품에 아이를 안고 토닥거리니, 차라리 함께 아픈 것이 더 마음 편했을까. 열로 벌벌 떠는 어머니의 얼굴에, 불안한 모습보다는 안도감이 느껴진다. 자식 아픈 것보다 함께 그 병을 나눌 수 있어 더 마음이라도 편할까. 앞을 알 수 없는 신종 감염병의 예후라서 이제는 아이의 상태보다 어머니의 상태에 더 마음이 쓰인다.

아무쪼록 아이와 엄마, 젊은 의사들과 의사협회의 상황이 잘 마무리돼 안정되길, 다가온 가을을 우리 모두 편히 즐길 수 있기를 기대한다.

# 경계에
# 서서

일과를 마치고 신생아 소생술 집중연수교육이 있어 대학병원으로 들어섰다. 아카시아꽃 향기가 병원의 분위기를 밝음과 화사함으로 바꾸며 휘감는다. 갑작스레 찾아온 더위에 지쳐가는 가슴 아린 이들을 달래주려는 듯 문득 잠에서 깨어나 일시에 달려나오는 것 같은 꽃향기들이 병원으로 들어서는 발걸음을 두 팔 벌려 환영해 주는 것 같다. 바쁜 일상에 치여 구겨져 있던 감성이 저 깊은 곳에서 되살아 나온다. 그래, 봄이지, 봄이야. 라일락꽃 향기 흩날리던 교정이 아닌가. 나의 친구들은 어디에서 무엇을 하며 지내고 있을까.

어린 생명을 살리려 소생술 실습하러 가다 나도 모르게 목을 쭉 펴고서 심호흡을 해댄다. 고개를 들어 바라본 하늘, 눈길이 머무는 곳마다 봄 잔치가 한창이다. 구름은 하염없는 표정으로 유유히 흐르고 살랑대며 나뭇잎을 흔드는 바람, 정원의 노란 카라 꽃은 지나는 이의 발걸음을 멈추게 한다. 진홍의 철쭉들도 사랑스러운 눈빛으로 손짓하고 있다. 참으로 아름다운 봄날이 가고 있다. 소리도 없이.

봄꽃을 즐길 겨를도 없이 일에 묻혀 지내는 이들이 얼마나 많겠는가. 그들을 위하여 진한 향기를 머금은 라일락꽃, 백합들이 한껏 위로를 건네주는 것 같다. 소나무 사이로 솔바람이 쏴 지나간다. 정원의 허브들이 일제히 향기를 전한다. 한철 피었다가 소리 없이 져버리는 한해살이 꽃들이 한껏 고운 자태를 뽐내고 있다. 연분홍, 진홍과 하양의 영산홍은 초록 받침 위에서 봐달라며 목을 빼고 기다리고 있다. 멈추고 서서 그들을 바라보며 휴대폰을 꺼내어 사진을 찍어대는 긴 머리의 전공의, 그를 보면서 젊음은 한때이거늘…. 순간순간 즐겨보는 여유를 즐기기를 바라본다.

쉬고 싶을 때 교육이 있다는 사실은 얼마나 긴장되는 일인가. 가끔은 짜증이 묻은 얼굴이었다가도 자연이 주는 색과 향에 동화되다 보면 어느새 마음만은 벌써 동심의 세계로 돌아가 있지 않겠는가. 그러다 보면 어렵고 힘든 오늘의 일정도 쉽사리 잘 받아들이고 나의 것으로 만들 수 있지 않으랴. 아무쪼록 젊은 피로 펄펄 들로 산으로 나가 마음껏 즐기고 싶은 저들의 마음이 기쁜 상태로 바뀌어 어린 핏덩이들을 살리는 데 보탬이 되길 기대하며 강의실로 발길을 들여놓았다.

날씨가 맑으면 맑은 대로 흐리면 흐린 대로 쉬고 싶은 휴일에 교육받으러 나오는 이들의 마음을 보상이라도 해주려는 듯 강사는 열띤 목소리로 강의한다. 어찌 그 심정을 이해하지 못하랴. 하지만 어쩌겠는가. 우리의 부단한 노력으로 어린 생명이 살아나고, 근심 없고 조금이라도 장애가 덜 생긴 몸으로 평생을 살아갈 수 있다면. 그 또한 생명을 다루는 우리 의료인이 다해야 할 사명이지 않겠는가. 매년 하는 집중소생술 교육으로 신생아의 사망률과 장애로 태어나는 빈도가 개선되고 있다는 통계라니, 그 얼마나 다행스러운 일인가.

어느새 4회째를 맞는 집중 연수강좌에서 하나 된 마음으로 임하는 의료진들이 참으로 대단해 보인다. 이십 대 젊은 전공의부터 육십 넘은 원로 교수님까지 참석하여 세 시간 가까이 한 번도 자리에 앉아보지도 못하고 구령에 맞추어 일사불란하게 "하나, 둘, 셋, 숨! 하나, 둘, 셋, 숨!" 복창하며 부지런히 손을 놀린다. 응급상황에 대비한 길고 긴 실전연습이다. 몸에 배어서 자다가 불려 나가도 저절로 자동으로 손과 몸이 기억하도록 하기 위함이다.

간절한 마음을 담아 숨을 불어넣는다. 축 늘어져 있다고 생각하는 아이 모형을 앞에 두고 정성을 다해 "숨! 쉬어라~! 숨! 쉬어라~! 숨! 쉬어라!" 외치며 부지런히 소생술을 시행한다. 젖어 있는 몸을 닦고 부드럽게 마사지하고 발바닥을 문지르고 입과 코의 분비물을 빨아낸다. 심장 마사지를 하고서도 숨이 자발적으로 돌아오지 않고 심장 박동이 느리면 기관 삽관을 재빠르게 하고 배꼽에 도관을 넣어 심장을 뛰게 하는 약물을 투입해야 한다.

위 모든 과정이 수분 이내로 이루어져야 한다. 그렇게 한 치의 오차도 없이 일사불란하게 이루어져야 생명을 살릴 수 있다. 몸무게 500g도 안 되는 생명을 살려낼 수 있게 된다. 우리의 손길에 따라 목숨이 이 세상과 저 세상의 경계에 서게 된다. 경계에 선 이들에게는 눈물 섞인 노력만이 답이지 않겠는가.

몸은 힘들어도 생명을 살리겠다는 소명으로 뿌듯한 오늘 우리의 가슴처럼, 하루빨리! 모두의 소원이 꼭 이루어지기를 소망한다.

# 스마이즈
시대

어디선가 귀뚜라미 소리가 들린다. 처서가 지나도 더위는 여전한데 어느새 하늘은 가을빛이다. 차창 풍경으로 평온한 가을이 다가옴을 느껴본다. 코로나19가 다시 긴장의 끈을 조이게 한다. 사회적 거리 두기가 격상됐고 이런저런 사태로 나라가 어디로 흘러가고 있는지 가늠조차 힘들다. 코로나가 끝나기만을 기다리던 사람들에게 다시 멈추라고 하니 그 마음이 어떠하랴 싶다.

코로나 전담병원으로 반년 넘게 고생한 직원들은 이젠 휴가도 좀 가고 일상으로 돌아가려고 마음먹었을 텐데 다시 밀려들기 시작하는 환자를 받아야 한다니. 축소해 운영하던 코로나 병동을 다시 열었다. 그러다 보니 여기저기에서 인력을 차출해 코로나 병동이 돌아가게 할 순번을 짜야 한다.

휴일 병동에 올라서니 당직 간호사가 우울한 얼굴이다. 마스크를 한 얼굴에서도 표정은 우울하다. 입이 어떤 모양을 하고 있는지 가늠할 정도로 눈동자에 힘이 없고 광대뼈조차 축 처져 있는 것 같다. 무슨 일인지 물어보니, 너무 힘들다고 한다. 인력은 줄고 돌봐야 할 환자들은 늘어 종일 뛰어다녀도 다 처내지 못할 일이 밀려든다고 한다. 주말에 만보기 앱으로 당직하는 동안 몇 걸음이나 걸었을까 싶어서 체크해 봤다고 한다.

액팅 당번이라고 부르는 처치 간호사는 1만 5천 걸음, 그 다음이 1만 2천 걸음이었단다. 하루 만 보 걷기에 도전하는 사람이더라도 매일 만 보 걷기를 하기는 어렵지 않던가. 당직을 서는 동안 잠시도 앉지 못하고 여기저기 환자들의 호소를 해결하려 뛰어다니다 보면 어느새 몸은 녹초가 되고 머리가 지끈거린다고 한다. 속도 울렁거리고 밥맛도 없고 그러니 아무리 마스크를 쓴 얼굴이라지만 그 표정에 즐거움이 묻어날 수 있겠는가. 그렇게 말하며 눈동자가 젖어 드는 간호사, 그녀의 손을 말없이 잡고 토닥여 줄 뿐 달리 위로할 방법이 없음이 안타깝다.

코로나19, 정말 언제 잠잠해질 것인가. 지속적으로 통제하면서 일관되게 방역정책을 추진해야 하지만 여름휴가 기간 고삐를 풀어버린 탓에 이제는 정말 언제 다시 줄어들 것인가 실로 걱정이 된다. 일 년의 반이 넘어가는 이 시점까지 마스크를 벗지 못하고 살아야 하는 나날들, 피로감만 더해간다.

코로나19에 대한 백신이 나와서 막아주거나 특효약이 개발되기 전까지는 마스크 쓰기를 일상화해야 할 것이다. 쉽사리 물러갈 것 같지 않으니 어쩌면 호모 마스크 쿠스의 시대를 살아야 할지도 모르겠다. 마스크가 일상화되다 보니 상대가 웃고 있는지 잘 알 수가 없다. 반가운 사람을 만나거나 상대에게 친절히 대해야 할 때도 표정을 드러내기 어렵다.

그러다 보니 요즘에는 입꼬리를 올리고 웃는 스마일은 마스크 뒤에서는 보여줄 수가 없으니 빛을 발하지 못한다. 그리하여 눈 주위 근육을 눈동자 쪽으로 집중시켜 광대뼈를 마스크 위로 돌출시켜 끌어 올려서 눈웃음을 만드는 방식으로 바뀌고 있다고 한다. '스마이즈'라고 한다. 이것은 오랜 연습이 필요하다고 한다. 입꼬리 근육은 아무런 감정 없이도 올릴 수 있어 가짜 미소를 만들 수 있지만, 눈 주위의 근육은 행복한 감정이나 친절한 마음 없이는 움직이기 힘들다는 것이다. 스마이즈는 미소(smile)와 응시(gaze)를 합성한 신조어로 미국의 유명모델인 타이라 뱅크스가 2009년 모델 선발 TV 쇼에서 주장했다. 함부로 웃어선 안 되는 모델들에게 오직 '눈빛'으로 '기쁨과 열정을 뿜어내라'고.

미소 짓기를 강조해 왔던 고객 만족 교육에서도 마스크가 일상화되다 보니 미소를 보여줄 수 없게 됐다. 스마일이 아니라 스마이즈로 인사하게 되는 시대, 눈으로 인사를 잘해야 하는 시대가 됐다.

코로나19가 여전하다 보니 여행하는 것도 잠시 차한 잔 마시는 것도 주저하게 되었다. 어느 때보다도 가족과 함께하며 집에 머무는 시간이 많아져서 이젠 달마다 가족의 달, 날마다 가정의 날이라고도 한다. 여행보다는 집에서, 연인이나 친구보다는 가족과 함께, 행복한 추억을 쌓고 새로운 곳보다는 익숙한 곳, 옛 추억을 되새김할 수 있는 곳을 택하여야 하리라. 마스크 쓴채로 미소를 보여주는 스마이즈를 생활 속에서 익혀야 할 것 같다. 스마이즈를 처음으로 주장했던 모델 타이라 뱅크스가 방탄소년단의 열렬한 팬이었던가. 방탄소년단과 댄스 타임이 포착된 영상을 게시하며 "방탄소년단과 만남은 스마이즈(Smize)보다 더 좋더라."는 메시지도 덧붙일 정도이니.

코로나 감염병 시대, 너무 우울해하지 말고 그동안 해보고 싶었지만 못 했던 것들을 찾아내서 하나씩 실천에 옮기는 소중한 나날이 되기를 빈다. 가끔 스마이즈를 연습해 보자. 마스크 벗고 여유 있게 미소 지을 그날이 빨리 오기를 기대하면서.

## 삶이
## 행복해지려면

 

잠깐 내린 비가 세상의 먼지를 다 씻어간 듯 산뜻한 하늘이다. 선별진료소 당직을 서다 보니 여러 가지로 가슴이 아릿하고 먹먹하였다. 결혼식을 앞두고 자꾸 열이 오르내리는 듯하여 걱정만 해대다가 검사라도 받고서 음성임을 확인하고 꼭 참석하고 싶어서 왔다는 초로의 신사, 이제껏 일하다가 잠시 쉬고 난 다음 다시 일자리를 찾으려고 하니 코로나 검사 결과를 요구하여서 할 수 없이 검사하러 오게 되었다는 할머니, 소방관 시험을 보려고 마음 단단히 먹고 자가격리에 준하는 생활을 하다가 시험 당일 일찍 출발하여 시험장에 들어가 있다가 잠시 밖에 나와 친구에게 전화 후 들어가려고 다시 잰 체온에서 높게 나와서 바로 119를 타고 들어온 젊은이의 사정이 참으로 딱하게만 느껴진다.

평소 같으면 하지 않아도 될 검사에 불필요한 걱정이지만, 현재 같은 전국적인 코로나19 발생 위험 상황에서는 절대로 안심할 수 없는 상황이지 않은가. 시험을 준비하다가 잠시 오른 체온으로 선별진료를 받게 된 젊은이는 아무리 설명하여도 검사해야 할 이유를 못 찾겠다면서 접수부터 문진 수납 검사에 이르기까지 의료진의 진을 빼게 했다.

선별진료소를 가봐야 한다고 했지 검사해야 한다고는 하지 않았다며 끝까지 우기는 통에 더운 여름날에 상대하는 이들의 체온이 더 확 오르는 것 같았다. 얼굴이 붉으락푸르락하는 직원을 바라보다가 그만 내 신용카드를 내주었다. 이것으로 계산하고 검사하고 가도록 하라고 일렀다. 그러자 그 젊은이는 고맙다든가 미안하다든가 하는 말은 한마디도 없이 검사를 마치고 지루하게 대기하고 있던 구급차를 타고 돌아갔다.

직원들이 속이 상해 어쩔 줄 몰라 하는 것을 이리 어루만지고 저리 달래며 세상에는 다양한 사람이 많고 또 나름의 이유가 있겠지, 너무 속상해하지 말고 그냥 잊어버리자면서 마음을 달래주었다.

나날이 푸르름을 더해가는 숲들은 뜨거운 태양을 고스란히 이고서 성하의 계절임을 우리에게 끊임없이 알려주려 애쓴다. 녹음이 짙은 정원의 나무들에 눈을 돌리며 마음을 달래보려고 계족산 등산을 다녀온 지인이 두고 간 책 하나를 펼쳐 들었다. 마음 명상록이었다.

마음 알기, 다루기, 나누기. 인각사를 다녀왔던 터라 깨끗해진 마음으로 단숨에 읽었다. '구나·겠지·감사'가 마지막에 남았다. 책 후반부에 등장하는 3단계 비법이 지금 같은 코로나19로 우울감이 드리운 시대엔 특효약이 될지도 모르겠다.

1단계는 마음을 상하는 일을 당했을 때 '그가 내게 이러는구나' 하고 객관적으로 받아들이는 것이다. 사실 객관적으로 받아들이기가 대개는 쉽지 않을 터이다. '아니 감히 내게?' 하며 속이 상하는 것이 보통 사람의 반응 아니겠는가. 그러나 마음을 1초만 가라앉히고, '그가 내게 이러는구나!' 하고 마음속으로 중얼거리면 된다.

2단계는 '이유가 있겠지'라며 양해하는 마음을 갖는 것이다. 어떤 행동이나 말에는 이유가 다 있다. 단지 내가 그 이유를 모를 뿐이다. 어쩌면 상대에게는 이미 충분한 근거가 있을지도 모른다. 꾹 참아왔던 것이 여러 번의 자극으로 폭발한 것일 수도 있을 테니까. 어쨌든 상대가 그러는 데는 분명히 이유가 있다.

3단계는 '~하지 않는 게 감사하지' 하는 생각으로 마무리하는 것이다. 지금보다 더 나쁜 상황은 늘 있을 수 있다. 더 나쁜 상황이 다행히 일어나지 않았다고 생각하면 그나마 좀 다행스럽지 않겠는가.

마음이 거의 모든 것이다. 사람들은 대화할 때 자기 자신에게 신경 쓴다. 남이 하는 이야기도 본인에게 비추어 생각하곤 한다. 상대방이 이야기할 때 나에 관해 화살표를 향하지 말고 상대방이 무슨 생각과 감정을 지니고 있는지 생각하면 크게 배려도 할 수 있고 더 넓은 세상을 살 수도 있을 것이다. 결국은 자신의 행복을 위한 것이다.

선한 자는 타인을 돕는 것이 행복하기 때문에 행하는 것이고 악한 자는 어리석게도 자신의 이윤만 챙기는 것이 행복인 줄 알고 그렇게 하는 것이다. 그런 의미에서 마음만 잘 다스리면 우리의 삶이 참으로 행복해질 수 있다. 아무리 좋은 목걸이라도 목에 걸 때 의미가 있고, 아무리 아름다운 오솔길이더라도 즐기지 않으면 의미가 없지 않겠는가.

'구나·겠지·감사'. 성자들의 가르침은 지금 우리가 행하면 정말 좋은 약이 된다. 하루에도 수도 없이 불쑥 찾아오는 불편한 상황, 불쾌한 마음이 드는 경우에 기계적으로가 아니고 명상적으로 '구나·겠지·감사'를 실천해 가며 즐겁게 잘 살아내기를 소망한다. 마음만 잘 다잡고 있으면 이런 힘든 날도 언젠가는 다 지나간다.

## 창조적
## 파괴를

　연분홍 벚꽃이 바람에 흩날린다. 함박눈 내린 3월이 순식간에 사라져버렸다. 꿈틀대는 생명의 소리에 희망을 품고 4월을 맞는다. 봄꽃이 활짝 피어나자 축제 소식이 이어진다. 하늘은 파랗고 햇살은 밝아 참으로 좋은 봄날이다. 문 앞을 지키던 이가 내게 속삭인다. "이런 봄날, 꽃 피고 새 우는 산천으로 떠나지 못하는 청춘은 참으로 아깝지 않은가요?" 절로 고개가 끄덕여진다. 날씨가 그저 좋아서.

　병원 주차 공간이 부족하여 자동차 2부제를 운행한 지도 달이 지났지만, 급한 환자가 생겨 얼른 달려와 차를 세우고 뛰어올라 가야 할 때는 참으로 난감하다. 그래도 될 수 있으면 긍정적으로 생각하고 적응하는 생활을 하려고 노력한다. 이른 아침 출근하는 남편 차를 타고 나가 지하철로 갈아타기도 하고, 때로는 3호선 지상철을 타기도 한다. 함박눈 내린 날에는 지상에서 하얀 세상으로 된 도심을 바라보는 기쁨은 덤이었다. 차를 놓으니 걷는 시간이 늘어났다. 몸은 좀 피곤하지만 나름으로 건강을 챙긴다는 자부심까지 생겼다. 매화 향내 맡으며 미소를 머금고 출근하기도 하는 아침, 우아한 목련꽃을 감상하며 공원을 걸어가는 저녁은 은은한 향기로 피어오른다.

길을 나서면 내가 타야 할 차들이 시간에 맞춰 딱딱 서서 기다려주는 일도 있으니, 날마다 순간순간 행복을 맛본다. 진동 소리가 들려오면 사람들의 발걸음이 바빠진다. 와르르 계단을 뛰어내린다. 간신히 지하철 앞에 서는 이들 중에 닫히는 차 문을 향해 손부터 먼저 집어넣는 이도 있다. 그렇게 무리하게 뛰어들어가는 사람을 보면 어쩌면 저 간발의 차이로 사람의 목숨이 왔다 갔다 하지는 않을까 불안하다.

버스정류소에 가니 놀랍다. 전광판에 실시간으로 안내되는 것이 아닌가. 그동안 정말 우물 안 개구리 같은 생활만 하면서 살아왔던 것 같아 얼굴이 붉어진다.

문득 지난 시절이 떠오른다. 대학 시절, 버스 정류장에서 차를 기다리노라면 바쁠 땐 마음 불안하기 그지없다. 차가 바로 지나가 버렸는지 아니면 뒤이어 곧 도착할 것인지.

기다리는 사람이라도 있으면 물어보면 될 일이지만 그것도 안 될 때, 특히나 한적하고 인적 드문 밤이면 기다리다 급한 마음으로 택시를 탔다. 그러다 뒤돌아보면 바로 뒤에 기다리던 그 버스가 따라올 때도 있지 않던가. 그때의 기분이란…. 하지만 어쩌랴. 마냥 오지 않는 버스를 기다리다 보면 약속 시각에 늦어 신용 없는 사람이 될 수도 있으니. 세상은 날마다 좋아지고 있는 것 같다. 실시간으로 차가 어디쯤 있는지 알려 주니 얼마나 다행인가.

초인종 효과라고 있지 않은가. 초인종을 눌렀을 때 "누구세요?" 하는 소리가 들리기 전까지 얼마나 마음을 졸이게 되던가. '집에 사람이 없나? 험상궂은 어른이 나와 호통치면서 내쫓으면 어쩌나? 아무것도 알 수 없는 그 순간, 생활 속에서 지루하게만 느껴지는 순간을 탁월하게 해결한 발명품은 바로 '버스 정보시스템' 아닐까 싶다. 내 앞에 일어날 일을 예측하고 계획하여

행동할 수 있도록 해주니 날마다 좋은 세상이다.

병원에서도 이런 정보시스템으로 환자들이 언제 진료를 받는다는 것을 알면 편리할 것 같다. 환자들은 전광판만 바라보며 지루한 시간을 견딘다. 화장실 갈 시간도 없다고 한다. 일 보는 사이에 순서가 되었을 때 그 자리에 없으면 그냥 지나가 버리지는 않을까 싶어서란다. 안내판에 이름이 뜨면 차례가 얼마 남지 않았다고 느낀다. 간혹 긴 설명이 필요한 환자가 있어 늦어지면 그들의 얼굴은 일그러질 때가 많다. 의사에 대한 원망이 묻어 있다. 얼마나 아까운 시간을 내어 의사 만나러 왔는데 다른 환자 때문에 내가 손해를 보다니! 하는 표정이다.

건물은 낡고 진료공간이 점점 많이 필요한 요즘 같은 경우의 병원에 어찌하면 좋을까. 몇 %만 바꾸면 되는 것이 아니라 몇백 %를 바꾸어야 표시가 난다는 것이 구글 X의 개념이다. 그러니 새로 짓는 것과 다름없다. 외래환자 대기 공간을 대폭 줄이고 삐삐를 도입했던 병원 건축가, 그가 생각난다. 커피숍 주문 때 주는 진동 번호판처럼 그러한 삐삐로 연락받을 수 있으면 한자리에 앉아 기다리지 않고 다른 볼일을 볼 수 있으니 좋지 않으랴.

봄꽃들이 피어나 새로움을 창조하라고 노래한다. 죽은 듯 서 있던 나무들이 꽃을 피우는 것을 보니 저들은 과연 어떨까? 사람은 한 번 가면 그 모습 그대로 태어나지 못하지만, 똑같은 모습으로 찾아와 향연을 벌이는 저들은 과연 예전의 그 꽃일까 싶다. 새로운 봄이다. 기꺼이 버스를 기다리며 모두 창조적 파괴를 한번 꿈꾸어 보자.

## 무덤에서도 한다던
## 홍역

　매섭던 추위가 봄날처럼 포근하게 누그러졌다. 이제 좀 살 것 같다 싶은 날이 이어지더니 갑작스레 대구가 홍역을 앓고 있다. 독감 유행의 연말을 보내고 신년을 맞아 모처럼 찻잔의 온기를 느끼던 날, 느닷없는 전화가 왔다. 홍역 대책 회의 소식이었다. 단체의 대표인 동료가 그 자리에 배석해야 한다며 자료를 좀 정리해 달라는 것이 아닌가.

　그가 수련 받던 시절만 해도 병동뿐 아니라 외래진료실에서는 홍역을 수도 없이 많이 진료했었던 세대였기에 그때의 의사들은 홍역은 '척 보면 탁 알 수 있을 정도'로 흔한 병이었다. 심지어는 어릴 적에 앓고 지나가면 수월할 것인데 나중에 성인이 되어서 할까 봐 걱정하는 할머니들도 계셨다. 홍역을 평생 한 번은 앓아야 하는 질병으로 생각했을 정도였으니. 흔하게 보는 질병이라 그냥 대수롭지 않게 여기며 얼른 열이 떨어지고 꽃이 곱게 지기만을 기다리곤 하였다.

어느 해에는 지역의 한 병원에 입원한 아이가 홍역으로 판명난 이후 대구가 홍역 유행지역으로 변해 아주 유명세를 치른 적이 있었다. 안부 전화가 걸려오고 대책 회의와 방송 보도가 이어졌다. 다른 지역에 사는 지인은 동대구역을 거쳐 지나가야 하는데 홍역 접종을 해야 하느냐는 문의까지 했었다. 그뿐 아니라 반려견을 키우고 있다는 한 친구는 자식 같은 그 어린 강아지에게도 홍역이 올까 봐 전전긍긍하고 있다며 외출을 하지 못한다고 울상이었다.

SNS에는 '대구'를 치면 '홍역'이 뜰 정도였으니 정말이지 홍역을 단단히 앓은 셈이지 않은가. 홍역을 제대로 알고 올바르게 대처를 잘하기만 한다면 어쩌면 이런 일이 우리 몸의 저항력을 길러 줄 전화위복의 계기가 될 수도 있지 않으랴. 홍역은 전 세계적으로 유행하는 급성 발진성 바이러스 질환으로 전염성이 매우 높은 감염병이다. 이전에는 소아의 생명을 위협하는 주요 질병이었지만, 백신 개발 이후 그 발생이 현저히 감소하였으나 일부 개발도상국에서는 아직도 흔히 발생하고 있다.

국내에서는 2000~2001년 홍역 대유행 이후로 홍역 환자 발생이 급격하게 감소하였다. 우리나라는 36개월 이상 토착형 홍역바이러스에 의한 환자 발생이 없고, 높은 홍역 예방 접종률과 적절한 감시체계 유지, 유전자형 분석 결과 등이 세계보건기구의 홍역 퇴치 인증 기준을 달성하여 2014년 홍역 퇴치 인증을 받았다. 하지만 아시아, 유럽, 아프리카 등 전 세계에서는 아직 홍역이 발생하고 있어서 빈번한 해외여행으로 인한 국내 유입이 지속되고 있다. 최근 국내에서 보고되는 환자들은 대부분 국외에서 감염된 사례로 확인되고 있다.

홍역에 걸리면 초기에는 감기처럼 기침·콧물·결막염 등의 증상이 나타나고, 고열과 함께 얼굴에서 시작해서 몸통으로 퍼지는 발진이 특징적인 증상으로 나타난다. 홍역은 기침 또는 재채기를 통해 공기로 전파되며, 홍역에 대한 면역이 불충분한 사람이 홍역 환자와 접촉하게 되면 90% 이상 홍역에 걸릴 수 있다. 대개는 안정을 취하고 수분 및 영양 공급만으로도 호전 경과를 밟지만, 어린아이나 면역력이 약한 사람은 홍역으로 인한 합병증이 올 수도 있다. 중이염, 폐렴, 설사·구토로 인한 탈수 등이 있는 경우엔 입원 치료가 필요하다.

홍역으로부터 우리를 보호하기 위해서는 예방접종을 2회 모두 완료하였는지 확인하는 것이 필요하다. 홍역 면역의 증거는 MMR(홍역·유행성이하선염·풍진) 백신 2회 접종력이 있는 경우, 과거에 홍역을 앓았다고 진단받은 경우, 홍역에 대한 항체가 있는 경우, 1967년 이전에 출생한 성인 등이다. 홍역 볼거리 풍진 접종인 MMR은 만 12세 이하 어린이는 국가 예방접종 지원 사업을 통해 전국의 지정 의료기관과 보건소에서 무료 예방접종이 가능하다. 만약 홍역 환자와 접촉한 경우에는 보건소나 질병관리본부(1339)로 연락하면 자세히 안내를 받을 수 있다.

해외여행을 준비한다면 먼저 예방접종 여부부터 챙기는 것이 좋다. 그 지역에 유행하는 질병에 대해 예방하지 않고 갔다가 낭패당하지 않도록 질병에 대한 정보를 챙겨 미리미리 예방하자.

집 안팎뿐 아니라 해외에서도 꼭 손 씻기를 철저히 하고 양치질 등 개인위생을 잘 지키며 특히 발열 및 발진 환자와의 접촉에 주의해야 할 것이다.

귀국 후에라도 발열이나 발진이 발생할 경우에는 지체하지 말고 보건소나 병원에 연락하여 의사의 진료를 받도록 하자. 자기의 몸을 보호할 뿐 아니라 우리 사회 구성원 모두의 건강을 지켜서 무덤에서도 한다던 홍역에 걸리지 않고 피해서 잘 살아가 보자.

# 코로나
## 건망증

7월이 환하게 열렸다. 아직도 하루하루 살얼음판 같은 일상이다. 코로나19, 2020년 봄 대구에서 있었던 폭발적인 발생은 아니지만, 산발적인 집단 감염이 이어져 언제 다시 폭증할지 몰라 불안한 심정이다.

확진자가 된 학생들의 모습이 참 애처롭다. 아파도 내색조차 잘 하지 못하고 온통 난리가 난 학교와 지역 사회의 이목에 얼마나 신경이 쓰이겠는가. 밥도 먹지 않고 너무 우울해 있는 환자에게는 코로나19에 걸린 것이 꼭 개인의 부주의만으로 생기는 것은 아닐 터이니 너무 죄책감 느끼지 말고 열심히 치료해 보자고 다독인다. 누구라도 피해자가 될 수도 있고 모르는 순간에 가해자가 될 수도 있지 않겠는가. 감염이 어디서부

터 시작돼 누구에게로 옮겨 갔는지 그 역학의 고리를
밝히기는 쉽지 않은 일이다. 특히 요즘 같은 깜깜이 환
자들이 발생하는 경우에는 더욱더 그렇다.

행여나 코가 막히고 평소에 비염이 있던 환자이더
라도 갑자기 냄새를 못 맡게 되고 입맛을 못 느끼면 코
로나19 감염이 아닌가? 의심하고 꼭 진료를 받아보는
것이 좋을 것 같다. 젊고 건강한 이들 중에서 병력을
자세히 물어보면 어느 순간에 미각 상실이나 후각 상
실이 동반됐다던 환자들이 꽤 많았으니까 그것도 자신
이 먼저 의심해 볼 수 있는 증상일 듯 싶다. 맛있는 밥
을 먹으면서도 무슨 맛인지 못 느끼고 평소에 잘 느끼
던 냄새도 전혀 느끼지 못한다면 이상한 기분이 먼저
들지 않겠는가. 그럴 때면 혹시나? 하는 마음으로 검사
를 해 보는 것이 안전할 것이다. 그것이 바로 나를 위
하고 내가 사랑하는 사람을 위하는 길이고 또 내 이웃
을 지키는 행동일 터이니.

지독한 소독 냄새에도 전혀 끄떡없이 있던 한 사
람, 쾌활해 보이던 한 환자가 묻는다. 냄새를 못 느끼
고 맛을 못 느끼면 뇌세포가 사라져서 기억마저 없어
지고 그러면 치매에 걸리는 것은 아닐까요? 코로나19

는 회복만 되면 맛과 냄새는 대부분 돌아오고 치매는 다른 기전으로 생기니 미리 걱정하지 말자며 위로한다.

환자의 느닷없는 질문이 나를 돌아보게 한다. 몇 달 사이, 코로나19에 묻혀 살다 보니 정말 건망증이 심하다. 코로나 건망증이라고 부르고 싶어진다. 눈에 보이지도 않는 질긴 적군과 싸우느라 방어력이 다 떨어졌을까. 쳇바퀴 도는 듯한 단순한 동선으로 집과 병원을 오가는 생활을 하다 보니 기억이 가물거린다. 깜빡이는 네온처럼 잠시만 다른 일을 생각하다 보면 그만 중요한 것을 놓치고 말 것만 같아 걱정이다.

2020년 7월 1일은 대구의료원 개원 106주년이었다. 1914년 대구 부립 전염병 관리 병사로 시작한 의료원이 100년이 지나자 본래의 업무로 복귀한 느낌이다. 대구지역 코로나 환자가 처음 발생하고부터는 전체 병상을 비워 코로나 전담 병원 역할을 하느라 다른 부대 사업이나 업무는 일단 다 미뤄 두게 됐다. 당시 일반 환자들도 간간이 오기는 했지만 일반 병실은 코로나 전담으로 격리 상가 됐으니 입원할 병실도 없었다.

생글생글 웃으며 직원들에게 맛있는 차를 만들어

주며 그날그날 이야기를 잘도 전하던 커피숍 주인도 몇 달을 쉬었다. 그러다가 조금 안정이 돼 일반 환자들도 입원하고 외래도 다시 열어 진료를 시작했다. 기다림 끝에 그도 본래의 자리로 돌아왔다. 병원 로비는 다시 활기를 띠기 시작했다. 환자들과 직원들도 차 주문하면서 인사를 나눈다.

그는 커피를 내리고 난 찌꺼기를 하나도 버리지 않고 모아뒀다가 직원들에게 나눠주곤 한다. 시골에 텃밭이 있는 사정을 아는 그가 개원 기념일에 기념식 대신 직원에게 커피 한 잔과 케이크를 나누는 행사를 했기에 커피 찌꺼기가 갑자기 많이 있다면서 싣고 가라는 것이 아닌가.

차를 몰아 병원으로 갔다. 회진을 하고 있는데 남편이 함께 갈 곳이 있다고 해 무거운 커피 찌꺼기를 그 차에 옮겼다. 볼일을 마치고 시골로 가서 텃밭을 손질하고 주변에 찌꺼기를 뿌렸다. 부엽토 속에서 숙성되기를 기다리며 나머지 볼일도 마쳤다. 텃밭의 토마토와 감자가 유난히 잘돼 찌꺼기의 힘을 믿으며 흐뭇하게 집으로 돌아왔다. 도착해서 물건을 넣으려 내 차를 찾으니 아무리 찾아도 보이지 않는다. "내 차 어디 있는지요?" 남편이 이마를 '탁' 친다. 건망증! 병원 주차장에 세워두고는 그냥 남편 차로 오고 만 것이다. 코로나가 정신을 혼미하게 하는가. 마스크를 두고 내려 다시 돌아가고 유리창을 열어 두어 비에 흠뻑 젖고, 차를 어디 둔지도 잊어버리고.

청포도가 익어가는 7월이다. 아무쪼록 정신 줄을 꼭 잡고서 건망증 없이 건강하게 여름을 잘 날 수 있기를.

치유

재치와 해학으로 삶의 지혜를 나눠가며
억지라도 웃으며 살아야 하지 않으랴.
앞이 잘 보이지 않는 흐릿한 날이더라도
구름 위에 떠 있을 눈부신 해를 상상하며
끝까지 희망을 잃지 말고 버틸 일이다.

## 신종 코로나바이러스,
## 괜찮을까요?

신종 코로나바이러스가 세계를 불안으로 떨게 한
다. 대보름달은 시절에 아랑곳없이 밝고 크게 슈퍼 문
이 되어 떴다. 달을 보며 사람들은 어떤 기도를 올릴
까. 요즘엔 전화벨만 울려도 가슴이 쿵쾅거린다. 더 나
쁜 소식이라도 들려올까 봐서. 선별 진료소 당번을 서
다 보니 하루의 시간은 너무도 길게 느껴진다. 중국을
거쳐 왔으면 확인서를 작성해서 오라고 요구하는 회사
도 있고 아이들은 열이 조금만 나도 선별 진료소를 찾
는다. 보호구를 착용하고 환자를 진찰하는 것은 참 힘
들다. 발걸음이 뜸해진 사이 찬 바람 속에 나섰다. 중
천에 뜬 달님에게 두 손을 모아 본다. 어서 사태가 종
식되어 일상으로 돌아가 평화를 얻을 수 있기를.

코로나는 왕관(crown)이라는 뜻이다. 코로나바이러스도 왕관 모양의 돌기가 있는 모양을 하고 있기 때문에 붙여진 이름이다. 사람에게 인후염, 위장관 질환에 흔히 발견되던 친숙한 바이러스였던 것이 얼마나 지독한 모습으로 바뀌었을까. 뉴스엔 '코로나' 라는 단어가 지배하고 있다.

한 친척은 한잔하시면 늘 자랑삼아 이야기하신다. 장가든 날 코로나 택시를 타 보았다. 60년대 코로나 택시로 나들이를 하였으니 어찌 그 추억을 잊겠는가. 어떤 이는 코로나 맥주를 떠올릴지도 모르겠다. 나이 어린 조카가 코로나 맥주 캔에 그려진 노랑이를 보고는 디메트로돈 공룡이라며 사달라고 졸라댄 적이 있다. 그때 할 수 없이 박스로 샀던 적도 있으니. 추억이 깃든 코로나가 이젠 잠자리에서도 가위까지 눌리게 한다. 오늘은 또 얼마나 공포에 질린 환자들을 만날까.

병원마다 신종 코로나바이러스 감염병의 확산을 막기 위해 출입구를 통제하고 면회도 자제해 달라는 문구가 대문짝만 하게 나붙어 있다. 로비에 들면 직원들이 출입자의 행선지를 일일이 적게 하고 체온을 잰다. 손 소독을 철저히 하고 가라고 당부하니, 몸이 아파서 병원을 내원했지만, 혹시 저 안으로 들어가서 진찰을 받아도 될까 불안하리라.

지난 주말에는 멀리 중동에서 근무하는 아이 아빠가 휴가차 방한했을 때도 인사하겠다며 일부러 병원을 찾아왔던 단골 아이 엄마가 병원 로비에서 한참을 망설였단다. 열이 나서 보채고 아무것도 먹지 못해 축 늘어져 있는 아이를 안고 병원 입구에 서서 보니 정말이지 그 속으로 들어가 진료받다가 오히려 더 힘든 상황이 되지 않을까 염려되더라고 고백한다.

아무리 생각해도 명쾌한 답이 떠오르지 않아서 친정어머니께 전화해 여쭈었단다. "엄마, 병원 안에 들어가도 되겠어요? 이름도 적으라고 하고, 마스크를 모두 쓰고서 비닐 옷까지 입고 있는데 어쩌지요? 엄마, 저 그냥 집으로 갈까요?"라고 울먹이는 소리로 전했더니, 어머니가 말하기를 "과장님 안에 계시는데 뭔 걱정이야, 그냥 들어가서 진찰받아, 내가 바로 갈 테니!" 하셨다며 웃는다. 부리나케 달려온 그녀의 어머니는 "별일 없으시죠?"라며 나의 안부부터 챙긴다.

선별 진료소를 운영하고 있고 환자일 가능성이 높으면 음압 병동에 입원시켜 상태를 지켜보면서 검사를 한다. 음압 병동은 독립된 건물이라서 통로도 병원과는 완전 별도로 되어있고 음압 병실 자체가 주변의 기압보다 낮은 압력을 유지하면서 내부의 공기가 정해진 통로로만 빠져나가도록 시설이 되어있다. 음압 시설은 내부 압력이 낮으므로 외부로 공기 유출이 되지 않는다. 압은 높은 곳에서 낮은 곳으로 움직이지 않던가. 그러니 외부에서 공기가 들어오려 하지, 절대 안쪽의 오염된 공기가 밖으로 유출되지 않는다.

동력을 이용해 빼내는 공기통로에는 필터를 이용해 바이러스나 세균이 밖으로 나가는 것을 차단하기에 참으로 안전한 시설이 바로 음압 시설이다. 배기구도 따로 분리되어 있는 병실을 음압 시설 병실이라 부른다. 이런 음압 시설을 별도로 갖춘 병동을 음압 병동이라고 부른다. 음압 시설은 심각한 호흡기 전염병 환자를 격리·치료할 수 있다.

바이러스는 건조한 환경에서 증식을 잘한다. 그러니 우리가 할 수 있는 최선을 다하는 의미로 물을 많이 마시고 사람이 많이 모이는 곳, 건조한 환경을 피하는 것이 상책일 것 같다.

오래지 않아 출시 백 년을 맞이한다는 투명한 병에

든 황금빛 찰랑대는 생기 있는 코로나 맥주병을 보면서 '그때 그 병이 바로 이것과 같은 이름이었지' 떠올릴 날을 기다리면서 오늘도 무사하기를 기대해 본다.

# 이 또한
# 지나가리라

　까만 밤, 선별진료소 문을 나서 병원 마당에 내려섰다. 달은 보이지 않고 늘어선 방송국 로고가 박힌 차량들 사이로 밤하늘은 어느새 푸르스름한 빛을 띠고 있다. 밤 촬영에 필요하여 세워둔 것일까. 커다랗고 밝은 조명등 불빛에 비친 나뭇가지에는 어느새 노르스름한 새순들이 돋아있다. 가까이 다가서서 보니 산수유 꽃이다. 어느새 봄은 소리 없이 다가와 살며시 꽃을 피우며 묻고 있다, 건강하시지요? 얼어붙어 걱정으로 가득한 우리 마음을 위로라도 하려는 듯이.

　갑자기 불어나기 시작한 코로나19 의심환자들을 우선으로 가리기 위해 선별진료소를 두 곳으로 늘려 24시간 쉼 없이 전 진료과장이 순번제로 가동하는 체제로 돌입하였다. 며칠 사이 너무도 긴급하게 돌아가는 상황이라 입원한 환자들을 급히 다른 곳으로 보내고 병동을 통째로 비워야만 했다. 더러는 집에 가서 몸조리하면서 지내다가 이런 사태가 마무리되면 다시 오리라 다짐하면서 퇴원하였다.

일시에 병동을 비우고 시설을 재정비하고 환풍구를 막아 격리시설을 갖추느라 전 직원이 동원되어 땀범벅이 되어 응급사태에 대처하기 위한 상황으로 돌아간다. 의료진을 믿고 이제껏 장기 치료받던 환자들은 혹여 퇴원하고 집에서 다시 아프면 어떡하느냐며 걱정한다. 코로나19 확진 환자가 입원한 병원에 있었다고 하면 다른 병원에서 받아주기나 하겠느냐며 앞일이 태산이라며 우울해한다.

긴급 상황이 마무리되면 언제든 다시 찾아오라며 마스크 낀 얼굴로 눈인사를 건네며 전송하였다. 그렇게 보내지 않으면 안 되는 상황이지만, 정말 가슴 아프다. 차마 끝까지 마주 볼 수가 없어 손을 흔들며 건강 잘 챙기시라 인사하였다. 우리 환자들이 모두 어디에서든지 치료 잘 받고 언제까지나 건강하기를 비는 마음으로 그믐 밤 하늘을 하염없이 올려다본다.

세 자리 숫자를 훌쩍 넘긴 접수번호를 받아들고 쓸쓸한 대기실에서 기다리고 있는 이들, 떨리는 몸에 마음은 얼마나 쑤시고 아릴까. 모르는 사이 확진자와 접촉하게 되어 검사에서 혹시나 양성으로 나오면 어쩌나 하는 마음인지 얼굴엔 수심이 가득하다.

밤이 깊어 갈수록 대기는 차갑게 식어 입김이 하얗게 묻어난다. 우주복처럼 생긴 레벨 D 방호복을 입고 눈에는 고글을 쓰고 마스크를 코가 아프도록 눌러서 끼고서 장갑을 낀 채로 컴퓨터 자판을 두드려 진료기록을 입력하고 검사 처방을 내기를 반복하다 보니 어느 순간 대기 순번을 들고 오는 이의 기록이 아무리 찾아 봐도 전산시스템에는 이름조차 뜨지 않는다. 웬일인가 싶어서 접수에 확인해 보니 조회 날짜를 바꾸어야 된다는 것이 아닌가. 쉴 틈 없이 문진하고 처방을 내느라 어느새 날짜 변경선을 넘듯, 시각은 자정을 넘어 새날이 되었던가 보다.

차가운 겨울을 기억하지 못할 정도로 따스했던 날들은 세상인심에 저절로 식어 가는가. 다시 얼어붙을 듯한 바람이 불어댄다. 겨울이 다시 찾아올 것처럼. 문을 여닫을 때마다 틈사이로 들어오는 바람이 참으로 차갑다. 진료소를 찾은 이들의 안경은 뿌옇게 안개가 낀 듯 눈만 빠끔하게 보인다. 새벽까지 두려운 마음으로 무던히도 기다렸을 가슴 아픈 이들, 얼른 검사받고 괜찮은 결과를 얻어 다시 평온한 일상으로 돌아가는 날이 빨리 오기를 바라며 정성스레 문진한다.

이럴 때 할 수 있는 유일한 해결책은 무엇일까. 바로 긍정의 주문이지 않겠는가. 라이온 킹의 그 말. 하쿠나~! 마타타~! "문제없어요, 다 잘될 거예요." 이 상황 어쩌겠는가. 내내 걱정하기보다는 우선 급한 일부터 차근차근 처리해 가면서 긴박한 위기를 잘 극복하여 전화위복의 계기로 삼아야 하지 않겠는가. 발열체크에서 신호만 울려도 푸드 코트 안으로도 못 들어가고 선별진료소 가서 확인해 오라고 할 정도로 극도의 공포로 얼어붙지 말고 차분하게 대응하여야 하지 않을까 싶다.

마음을 크게 먹고 건강을 잘 챙기면서 모두가 힘을 합치고 똘똘 뭉쳐서 이 상황을 무사히 넘겨야 한다는 목표, 그리하여 환자들이 원래 자주 가던 병원을 다시 찾게 되어 믿고 의지하던 의료진에게 진료를 받으면 신뢰가 더 깊어지지 않을까 싶다. 우리 모두 서로 힘을 합쳐서 최선의 노력을 다한다면 어려움을 이겨내고 승리의 기쁨을 다함께 맛보는 날이 오지 않겠는가.

가장 기본적인 것이 어쩌면 가장 최선의 예방책일지 모르겠다. 평소에도 손을 자주자주 또 바르게 30초 이상 꼼꼼하게 잘 씻고, 타인을 위해 기침이나 재채기할 때는 꼭 입과 코를 휴지나 옷소매로 가리는 개인위생을 철저히 지킨다면 이까짓 바이러스는 언젠가는 스스로 우리 곁을 떠나게 될 것이니. 두터운 눈밭을 뚫고 화사하게 피어나는 복수초福壽草처럼 우리도 서로에게 병이 아닌 복을 주고받는 관계가 되기를 소망한다.

## 최고의
## 명약

　보랏빛 재스민이 코끝을 자극하는 아침이다. 진한 향기가 온몸으로 스며드는 것 같다. 향내를 코끝에 가득 담아 기분 좋게 문을 나선다. 춘계학술대회가 있기에 학회장으로 가야 하는 날이다. 여름 날씨를 방불케 하는 더위다. 며칠 동안 아침이면 써늘하다가도 낮이 되면 30도를 웃도는 기온이라 일교차 큰 날씨에 우리 몸이 견뎌 내지를 못 하는 것 같다.

　그러다 보니 약해진 저항력을 비집고 바이러스들이 들어와 질환을 일으킨다. 수포성 구내염, 감염이 전파되기 쉬운 로타바이러스 장염, 게다가 A형 인플루엔자까지 다시 돌고 있으니 갖가지 이유로 병에 걸린 아이들이 외래 대기실을 메우고 있다. 기다리고 있는 급한 환자만 얼른 진료하고는 재빨리 학회장을 향해 달린다.

학회가 열리는 장소는 물안개 피어오르는 강변에 위치한 리조트라 아름다운 전망으로 유명한 곳이다. 4월이니 강변을 화사하게 물들이는 연분홍 벚꽃이 강둑에 줄지어 폈을 것으로 생각하며 가보니 아뿔싸~! 꽃은 하나 없고 강변엔 쓸쓸한 바람이 나뭇가지를 흔들고 있다. 몽환의 풍경을 그리며 왔는데 온데간데없어져 버린 꽃. 올봄에는 꽃구경도 하지 못했는데…. 벌써 다 져버리다니.

하지만 눈부시게 푸른 녹음이 강변에 그늘을 드리우며 더워지는 날을 식혀보려 애쓰는 것 같다. 조용히 흔들리는 가로수 그림자를 바라보니 문득 그들은 자신의 꽃들과의 이별이 얼마나 더 아쉬웠으랴 싶다.

겨우내 온 힘을 다하여 추위를 견뎌내 뿌리를 지키고 부지런히 수액을 빨아올려 꽃눈을 틔우려 애썼을 터인데 말이다. 치솟는 수은주에 하루 이틀 만에 활짝 만개했다가 멋도 자랑도 채 하지 못한 채 눈과 바람과 찬비에 떨어져 버리지 않았던가. 만개한 꽃 위로 함박눈이 쌓여버렸으니 어찌 버틸 수 있었으랴. 절정의 순간을 기다려 피어났을 꽃의 생명이 그리 오래가지 못하고 일시에 낙화유수가 되어버리다니 얼마나 애석한 일인가.

늘 마음의 고향으로 남아있던 그 화사한 풍경을 아쉬워하며 세미나장으로 들어선다. 이번의 주제는 북한의 의료현실이었다. 평창 올림픽을 계기로 남북한이 조금씩 대화의 분위기가 이어지자 학회에서는 북한의 의료를 주제로 잡았다. 언젠가 통일의 날이 되어 남과 북이 자유로이 왕래하며 서로 환자를 치료하게 되는 그날을 대비하여야 한다는 것이 취지였다.

그러려면 북한의 의료 사정을 여러 각도에서 실제로 알아보고 그에 대해 우리가 도와줄 수 있는 일은 무엇인가, 또 그 지역의 유행하는 질병은 무엇인가를 잘 알아야 하지 않겠는가. 북한은 해방이 될 즈음에는 남한과 비슷한 수준의 의료상황이었지만 1990년대 말에 불어 닥친 기근과 홍수로 고난의 행군을 지나면서 극도로 열악한 사정이 되어버렸다고 한다.

공산주의 사회에서 보여주기 위한 병원 건물은 대리석으로 깔아 번듯하게 지어놓았지만 수액을 만들 재료도 수액을 꽂을 바늘도 없어 아이들이 설사병에 걸리면 죽음으로 이어지는 경우가 수없이 많은 실정이라는 것이다. 평생소원이 병원 한 번 가봤으면 하는 것인 이도 있고 병원에 가더라도 진료도 받지 못하고 숨을 거두는 이, 진료를 받더라도 치료할 약이 없어 치료를 받지 못하고 죽어가는 어린 생명이 있다는 이야기를 듣고는 가슴이 미어진다.

수년 전 북한 개성공단에 근무하는 친구를 따라 북한에 가기로 하고 여러 가지 교육을 받고 준비를 하였다. 통일안보교육도 받고 그들에게 줄 수액도 준비하여 출발할 날이 하루 앞으로 다가왔을 때 갑자기 그쪽에서 방북을 불허한다는 통지가 왔다. 모든 준비를 끝내고 만약을 대비해 유고 시에 어찌하라는 절차를 적은 서류까지 가족들에게 남겨놓을 만큼 각오를 하고서 그들을 방문하려고 했는데 말이다.

그다음 갑자기 남북의 사태가 악화되어 경직국면으로 접어들어 친구도 철수해 버렸으니 어쩌면 그때 가지 못한 것이 내내 마음의 빚으로 남아서 오지의 어린이들을 위해 봉사를 다니는 계기가 되지 않았을까 싶다.

일요일 무료 이주민 진료를 하다 보면 가끔 새터민

이 찾아올 때가 있다. 그들의 눈동자 너머에는 늘 두고 온 고향에 대해 그리움이 묻어 있는 것 같았다. 북한에서 재료도 약도 모두 부족하고 시설은 열악하기 짝이 없어 아직도 기생충감염이 흔해 횟배 앓는 아이들이 많은 실정이다. 그러니 부르짖을 것은 오로지 한 가지밖에는 없지 않겠는가.

"의사의 정성이 명약이다." 북한의 한 대형 병원에 걸려 있는 족자에 있는 문구라고 한다. 그 강의를 들으며 나는 다짐한다. 나의 환자에게 늘 최선의 진료를 해야겠다고. 최고의 명약은 바로 의사의 정성일 테니까.

## 희망의
## 4월이

벚꽃이 진 자리에 초록의 순이 돋아나고 있다. 투명하고 밝은 햇살이 참으로 우리 인내심을 시험이라도 하는 듯 아름다운 봄날임을 상기시킨다. 살랑대는 바람에 모처럼 머리를 식히는데 휴대폰에 문자가 왔다는 알림이 울린다. 화면을 열어보니 부고였다. '동기의 본인 상' 이라니. 갑자기 찌릿한 아픔이 가슴을 훑고 지나간다. 며칠 전부터 상태가 안 좋다는 소식에 내심 걱정하고 있었는데, "코로나 사망 개원의, 진료 과정서 감염". 결국 그가 코로나19를 이기지 못하고 하늘로 먼저 간 것이다.

그는 코로나19가 한창이던 그때에도 일반적인 외래 환자를 정성을 다해 오래도록 진료하였다고 한다.

그의 진료실을 방문했던 당시 환자 중에서 확진자로 밝혀진 이가 두 차례나 있었다니 환자 진료 과정에서 감염되어 결국 이기지 못하고 떠나버린 것이다.

의과대학 6년을 함께한 동기, 울고 웃던 그의 모습이 눈앞에 선하게 떠오른다. 체격이 좋아서 체육대회 씨름 경기가 있으면 꼭 이름이 오르내렸던 친구, 복사꽃 색깔의 티셔츠를 즐겨 입고 자리에 앉아 더운 여름날에 땀을 흘리면서도 묵묵히 공부하던 듬직한 그의 실루엣을 잊을 수 없으리라. 말없이 공부하고 조용히 자기 일을 챙기던 이, 정말 태어나면서부터 의사가 되면 좋겠다는 사람이 있다면 바로 그이리라 여겼던 사람, 대학을 졸업하고 군 복무를 마치고 같은 대학병원에서 전공의 수련을 하고서 각자의 자리로 돌아가 30여 년을 보냈다.

그동안 어쩐 연유에서인지 얼굴을 마주하지 못했다. 지근거리에 있으면서도 어찌 그렇게 얼굴을 안 보고 살 수 있었는지 생각하면 새삼 후회가 밀려온다. 옷깃만 스쳐도 수억 겁의 인연이 있어야 한다는데 같은 대학을 나오고 같은 병원에서 수련을 받고 같은 의사의 길을 걸어가면서 그의 이야기가 나오면 핑크빛 티

셔츠와 듬직한 덩치, 그리고 선하게 웃는 얼굴을 떠올렸지만, 만나지 못했음을 의아해하진 않았는데.

이제는 그를 이 세상에서는 더는 마주 대하지 못한다는 사실에 마음이 아려온다. 더구나 마지막 인사를 하는 빈소를 만들지도 못하고 감염병 관리 차원에서 밀봉하여 바로 화장을 하였을 것을 생각하니 더 안타까울 따름이다. 온몸에 불기운이 닿는 듯 화끈함이 전해지는 것 같다.

동기가 저세상으로 가버린 날 나의 처지를 돌아본다. 언제 어느 때든 절대자가 부르면 갈 준비가 되어있는가. 오늘이 나의 마지막이라 생각하면 정말 무엇을 먼저 준비해야 할까. 남아있을 사람에게는 무엇을 남기고 또 어떤 당부를 할 수 있을까. 마지막으로 숨을 내쉬면서 사랑하는 이에게 남기는 심중에 든 한마디는 무엇일까.

코로나19가 오랜 날 지속하다 보니 점차 우울 모드로 접어든다. '코로나 블루'라고 하지 않던가. 색색의 향기로운 꽃들은 유난히도 아름답게 피어나서 일찍 봄이 왔음을 만방에 알리지만, 온통 마스크 쓴 얼굴들은 걱정스러운 눈빛이 가득하다. 얼굴을 마주하지 않고 모임도 나가지 않고 집회도 멀리하는 사회적 거리 지키자는 운동의 마지막 날도 지났다. 다시 생활 방역이라는 말로 감염의 확산을 막기 위해 사회적 거리 지키기를 연장한다는 소식으로 몸에 힘이 다 빠지는 느낌이다. 참 답답하고 지겹던 집에서 나와 봄을 즐기는 해방을 기다리는 이들도 이즈음에는 정말 많지 않겠는가.

신종 코로나바이러스가 정말 쉽사리 물러가지 않을 것 같다. 정부도 사회적 거리 두기 기간을 연장해 생활 방역으로 전환, 지속적인 사회적 거리 두기를 시행하기로 하는 것 같다. 끝도 없는 사회적 거리 두기 강행으로 사람들의 일상에 너무나 피로감이 몰려오는 듯하다. 사회생활도 경제활동도 많은 지장을 받고 있음은 틀림없는 사실이다. 하지만 알게 모르게 스며드는 바이러스의 침범으로부터 소중한 이들을 잃지 않으려면 방역과 생활이 조화되는 생활방역을 잘 계획하여 철저히 지켜야 하지 않겠는가.

우리가 할 수 있는 최선의 방책은 바로 사회적 격리를 잘 지키는 일이다. 아침에 일어나면 양치하고 삼시 세끼 밥을 먹듯이 자연스레 몸에 배도록 방역을 생활화해 하루빨리 코로나19 종식에 앞장서야 하지 않겠는가. 그래야 코로나19를 위해 애를 쓴 이들의 노고와 고생하다가 먼저 떠난 이들의 넋을 조금이나마 위로할 수 있지 않으랴 싶다.

잔인한 4월이지만 다시 일어서라고 친구가 손짓한다. 손 씻기, 사회적 거리 두기를 하면서도 마음만은 늘 함께하는 희망의 4월이 되기를.

# 코로나19
# 방호복을 입으며

노란 산수유가 병아리색 봄이 왔음을 알린다. 빨간 동백꽃에 앉은 동박새도 세상이 온통 봄으로 바뀐다고 노래한다. 대지는 봄기운에 기지개를 켜는데 마스크 쓴 얼굴에는 온통 걱정스러운 눈빛이다. 이번 봄, 아무리 어렵고 힘들더라도 꿋꿋이 버텨내야 하지 않겠는가.

'생일 축하해요~!' 지인의 문자를 받았다. 어머나, 그렇구나! 오늘이 음력으로 그날이었구나. 고맙다는 인사를 챙길 겨를도 없이 얼른 방호복을 입어야 한다. 머리카락이 내려오지 않도록 캡을 쓰고 손 위생을 시작한다. 손 세정제를 묻혀 제일 먼저 손바닥을 마주 대고 문지르고 다음엔 손바닥을 마주 잡고 문지르고 또 그다음엔 손등, 손바닥을 마주 대고 문지르면서 '생일 축하합니다. 당신의 생일을 축하합니다.' 마음으로 흥 얼거려 본다. 노래 한 번 끝날 즈음엔 엄지손가락을 다른 편 손바닥으로 꼭 잡고 돌려가면서 문지른다. 다시 노래를 떠올리며 손바닥을 마주 대고 손깍지를 끼고 문질러 주고. 손가락을 반대편 손바닥에 놓고 문지르며 손톱 밑을 깨끗하게 한다. 흐르는 물에 비누로 30초 이상 손 씻기를 하려면 생일 축하 노래 두 번을 불러야 할 정도의 시간이다.

그런 다음 라텍스 속 장갑을 끼고 모든 보호 장구를 맨눈으로 살펴 구멍이 뚫려있거나 이상이 있는지 확인한 다음 방호복을 입는다. 다리부터 집어넣은 뒤 팔을 끼우고 허리에서 목까지 올라오는 지퍼를 반쯤 올린다. 한 과정이 지날 때마다 손 세정은 필수다.

다음엔 덧신을 신고 끈으로 종아리에 단단히 동여맨다. N95 마스크를 끼고 잘 밀착이 되었는지 확인한 후에 고글을 쓴다. 고글, 의료용 마스크를 쓰고 틈이 보이지 않도록 방호복 후드로 단단히 얼굴을 감싼다. 손 세정을 다시 하고서 마지막으로 겉 장갑을 끼고 다시 한번 빈틈이 없는지 살핀 다음 착의실에서 나와 입원 병동으로 들어가는 전실을 지나 문을 열고 복도를 지나 환자의 방문을 연다.

아무리 마음 바쁘더라도 확진자를 가까이 대하기에 스스로 감염으로부터 방어해야 다른 이들에게 전파하는 것을 막지 않겠는가. 어설프게 서두르다가 자칫하여 의료인 감염이 일어나면 그때는 큰일이지 않겠는가 싶어 모두가 노심초사 마지막 방어선이라는 마음가짐으로 꼼꼼하게 챙겨서 회진하고 바이러스를 싸워 이기는 전사라 여기며 하루하루 버틴다.

기다렸다는 듯 환자는 반색하며 이런저런 증상을 이야기한다. 확진받고 입원 대기자 명단에 올랐지만 아무리 기다려도 자리가 나지 않아 생활치료센터에 입소하였던 환자, 그동안 내내 열이 있었다고 한다. 열이 오르내리고 코피를 쏟아내다가 설사까지 하여 병원으로 오게 되었다. 입원 후 치료를 시작하고는 심적으로 안심이 되었는지, 먹는 것도 자는 것도 조금씩 나아지고 열도 내리기 시작했다. 이제는 살 것 같다면서 안도하는 그를 보면 마음이 울컥하다.

어느새 고글이 뿌옇게 흐려온다. 들숨과 날숨 사이에서 몸은 땀으로 젖어 들지만, 잘 알지 못하는 인류가 처음 대하는 신종 바이러스 감염으로 환자는 얼마나 불안과 공포에 떨게 되었을까? 머리도 아파져 오고 가슴도 답답해 오지만 무엇보다 마음이 더 아려 와서 "얼른 나아서 빨리 봄 햇살을 맞아 보셔야지요." 그 앞에 서서 잠시 위로의 말을 건넨다.

얼굴을 마주하지 않고 모임도 나가지 않고 집회도 멀리하는 사회적 거리 두기야말로 감염의 확산을 막는 최선의 방법일지 모르니, 참 답답하고 지겹다고 생각할 수도 있지만 어쩌겠는가. 이런 바이러스의 감염 확산도 언젠가는 수그러져 일상으로 돌아가는 날이 반드시 돌아올 터이니. 그때까지라도 한 사람 한 사람이 감염원이 되지 않도록 최선을 다해 적당한 거리를 유지하면서 답답하더라도 하루하루를 견뎌내야 하지 않으랴.

지겹다고 생각하면 정말 한순간도 버티기 힘들지 모른다. 혼자 즐기는 법도 배우고 각자의 위생을 잘 챙기면서 희망을 품어야 하지 않겠는가. 아무리 힘든 고난이라도 '이 또한 지나갈 것이니.' 잠시 멈춤의 이때를 새로운 습관을 만들어 갈 좋은 기회로 생각하고 긍정의 마음으로 견디다 보면 일상으로 돌아가 보통의 생활을 할 수 있는 좋은 날은 반드시 찾아오지 않겠는 가.

대구에 사는 한 할머니는 '비우니 채워지더라'는 글에서 '냉동실 발가벗고(비우고) 은행 갈 일 별로 없고, 한 달 생활비가 고스란히 남아있어 부자 된 기분이다.' 라고 쓰셨다. 그분의 글처럼 재치와 해학으로 삶의 지혜를 나눠가며 억지라도 웃으며 살아야 하지 않으랴.

앞이 잘 보이지 않는 흐릿한 날이더라도 구름 위에 떠 있을 눈부신 해를 상상하며 끝까지 희망을 잃지 말고 버틸 일이다. 어렵더라도 작은 즐거움을 찾으면서 이 힘든 순간을 잘 견디시길. 방호복을 입으며 오늘도 소망한다.

## 더불어
## 살아가야

어렵게 개학을 한 고 3인 아이가 중간고사 시험을 쳤다며 땀을 뻘뻘 흘리며 들어선다. 챙겨주지 못해 고깃집에 들러 쇠고기 한 근을 받았다. 느닷없이 주인이 "이제 재난지원금은 모두 다 써 버렸나 봐요. 손님이 이젠 통 오지 않아요."라며 말을 건넨다. 재난지원금으로 그동안 고깃집이 성황을 이루었던가.

"요즘은 시장보다는 성형외과가 한창 성황이라던데… 맞아요?" 금시초문이라고 답하니 그가 믿거나 말거나 하는 표정이다. 코로나로 인해 늘 마스크를 하고 다녀야 하니 얼굴에 손을 대는 성형외과가 때아닌 호황이라는 것, 재난지원금으로도 성형을 할 수 있다는 소문이 있다고 들었다는 것, 딸에게 이야기를 들려주었더니 그의 딸도 반색해 대며 호기심을 나타내더라고 했다. 그가 살짝 전한다. "딸내미가 제 얼굴이 바로 재난(?)이라서 재난지원금으로 처리 가능할 것이라고." 추측 끝에 답을 하더라는 것이 아닌가.

재난지원금의 참뜻은 그것이 아닐 터인데 하면서 웃고 말았지만, 재난을 당한 국민들이 조금이라도 더 생활에 도움이 되도록 돕겠다는 지원금일진대, 평소에 얼굴이 못마땅해 재난처럼 생각했다면 그것을 해결하는 것도 어쩌면 삶의 활력이 되지 않으랴 싶었다. 피치 못할 사정으로 쓸 수야 있겠지만, 세상에 재난을 당한 사람들의 긴급한 필요에 요긴하게 쓰라고 준 돈이 그렇게도 풀릴 수도 있겠구나 싶었다.

해외에서 입국하여 지루한 자가 격리 생활을 하던 아이는 재난지원금 대상이 아니라서 못 받으니 오히려 그것의 쓸모가 무엇인지 궁금해하였다. 자신이 쓰지 않고 기부하는 사람들도 있고 하니, 주면 주는 대로 못 받으면 못 받은 대로 이 재난을 슬기롭게 잘 이겨나가야 하지 않겠는가.

처음 코로나 환자가 입원하여 며칠이 지나자, 물품과 일손이 부족해 간호사들의 얼굴이 말이 아니었다.

위로를 건넬 수밖에 없었다. 너무 걱정하지 말라고, 수학적 모델에 의하면 4월 말이면 수그러들 양상이고 늦어도 5월에는 끝이 날 듯하다는 가능성을 전해 주었다. 그러자 반색하며 생기가 돌았던 그 얼굴들은 이젠 우울함으로 찌들어있다. 코로나19가 발생한 지가 오래되니 코로나로 우울함에 시달리는 코로나 블루 환자들이 늘어간다. 사람과 왕래도 없이 가만히 은둔에 가까운 생활이 여러 달이다 보니 자연히 우울감이 찾아 들지 않으랴.

　과거엔 별로 심각하지 않았던 감염병으로도 목숨을 잃곤 하였다. 급성 감염병은 치료제를 발견하고 백신을 주사하여 치료하는 개념이 도입되었다면 현재는 만성형 질환이 많아졌다. 급성 감염성 질환은 완치의 개념이 있지만, 만성형 질환은 완치보다는 관리 개념이다. 급성 감염병이 치료되면 완치이니 그 상황이 종료된다. 그러나 만성형 질환은 완치가 어려워 계속해서 꾸준히 관리로 상태를 유지하는 수밖에는 없다. 관리를 잘하지 않으면 증상이 심해지고 잘하면 증상이 정상적으로 유지되기 때문에 질병과 삶이 평생 함께하는 동반자처럼 더불어서 살아가야 한다. 관리는 365일

24시간 해야 한다. 의사가 환자 옆에서 24시간 365일 관리를 해 줄 수 없기에 치료의 주체는 의료 전문가에서 환자로 바뀌어야 한다. 그것이 바로 환자 중심 의료이다.

현재 코로나19가 이어지고 특별한 치료 약이 아직 개발되지 않았기 때문에 코로나 이전 상태로 돌아가기는 힘들지도 모른다. 그러니 BC(Before Corona) 상태로 돌아갈 수 있는 완치보나는 반성형 질병의 관리 AC(After Corona) 개념을 도입해서 코로나와 환자가 동반자 WC(With Corona)나 가족처럼 함께 살아갈 마음을 먹어야 할 것 같다.

몇 달 전 영국에서 공부하다 귀국한 지인의 아이가 전해준 이튼 칼리지의 교훈이 문득 떠오른다. '남의 약점을 이용하지 마라, 비굴한 사람이 되지 마라, 약자를 깔보지 마라, 항상 상대방을 배려하라, 잘난 체하지 마라, 공적인 일에는 용기 있게 나서라'.

80여 일 가까운 격리 생활을 마치고 나오며 그가 늘 마음에 새기고 있었다는 세 마디가 있었다. 바로 '약자를 위해', '시민을 위해', '나라를 위해' 였다. 지루한 생활에도 마음을 다잡고 끝까지 이겨낸 그에게 정말 아낌없는 박수를 보낸다.

코로나19와 싸우더라도 지치지 말고 사랑하는 이를 위해 더불어 살아가기를, 그리하여 쾌적한 여름을 잘 나기를.

## 거·마·
## 손으로

창으로 들어오는 아침 공기가 조금은 달라진 것 같다. 느낌으로는 가을이 조금 묻어 있다. 입추가 지났으니 이젠 가을로 접어들 것이라고, 더위가 머지않아 물러갈 것이라고 여기며 희망을 품어본다.

뜸하던 코로나가 다시 고개를 쳐들어 무서운 기세로 달려든다. 날마다 진행하는 질병관리본부의 브리핑을 듣다 보면 늘어나는 숫자에 가슴이 무너진다. 조금만 더 참고 견디면 마스크 없이 만나는 순간이 오지 않으랴 기대했는데. 다시 방호복을 입고 확진자들을 돌봐야 한다고 생각하니 머리부터 지끈거린다.

음압 병동에 입원해 있는 환자 수가 줄어 그나마 정말 다행이라고 여겼었는데, 간호사들도 이제는 사람

사는 것처럼 살아볼 날도 머지않았다며 서로 위로를 주고 받았었는데, 물거품이 돼버렸다. 지역 유일의 공공병원이다 보니 코로나19가 종식될 때까지는 이런 오르내림을 여러 번 반복하지 않으랴 싶어서 우울하다. 실낱같은 희망으로 근근이 버텼는데, 다시 원점으로 되돌아간 느낌이다. 한 가지 달라진 점이 있다면 그나마 코로나19에 대해서 조금은 성질을 알게 돼 불안에 덜 떨게 됐다는 점이리라.

지금, 이 순간에도 코로나19와 끝나지 않은 전쟁이 계속된다. 질병관리본부장의 말 한마디에 온통 시선이 고정된다. 지휘봉이 어느 방향을 가리키느냐에 따라 국민들은 오롯이 그의 지시에 충실히 따라야 할 것 같다. 코로나19에 대한 특효약도 아직 개발되지 않았다. 대구에서 폭발적으로 발생했던 그 순간처럼 우리들은 모두 긴장의 끈을 놓으면 안될 것 같다. 언제 어느 순간 무서운 맹수가 돼 코로나가 사납게 달려들지 모르기 때문이다.

믿을 것은 나, 우리 자신뿐이다. 무엇보다 모임을 자제하고 사람 사이의 적당한 거리 두기와 자신을 보호하고 또 타인에게 전염되지 않도록 마스크를 꼭 쓰고, 손을 잘 씻어야 한다. 이른바 거·마·손 실천이다. 거리 두기, 마스크 쓰기, 손 씻기의 실천. 거·마·손 실천만이 코로나로부터 우리를 지키는 길일 것이다.

우리들에겐 위기를 맞으면 그것을 어떻게든 극복하려는 유전자, 할 수 있다는 자신감의 DNA가 우리 핏속에 도도히 흐르고 있다. 이런 위기일수록 반드시 극복할 것이라는 각오로 끝까지 희망을 잃지 말고 나아가야 할 것이리라.

8·15 광복절을 전후해 확진자가 늘자 정치권에서는 서로 탓해대기 바쁘다. 이런 상황에 너, 나가 어디 있겠는가. 모두 힘을 합쳐서 코로나19와의 싸움에 집중해도 시원찮을 판에 신이 난 듯 서로를 비난하는 상황이 연출되고 있다. 코로나19는 들불처럼 퍼져나가는 성질을 가지고 있다. 불길이 잦아들었다 싶다가도 잔불 정리가 제대로 되지 않은 상황에서는 작은 바람결에도 다시 살아나 무섭게 번지기 십상이다. 지금 이 순간에도 세계는 팬데믹Pandemic 상황이지 않은가. 우리나라만 방역에 성공해 곧 종식될 것처럼 여기는 이들이 있어 더 불안하다. 이런 때일수록 국가의 국민의식이 중요하지 않겠는가. 공동체를 위해서 자신의 작은

불편은 감수하고 늘 상대를 배려하는 공동체만이 살아남을 수 있으리니.

서방에서도 이제는 공공장소에서의 마스크 착용을 의무화하고 있다. 우리가 처음부터 강조했던 마스크 쓰기의 위력을 이젠 그들도 믿는 것이리라. 미국도 항상 마스크를 쓰고 다니는 사람이 이제 70%에 이르고, 손님 감소를 각오하고 'No mask, No entry(마스크 안 쓰면 입장 불가)' 같은 안내문을 붙인 가게도 적지 않다고 한다. 결국 공동체를 위해 개인의 작은 불편은 감수해야 한다는 의식이 변화된 흐름이 아니겠는가.

코로나19와의 지루한 싸움이 벌써 일곱 달이다. 답은 없지만 그래도 간절하게 바라면 우리의 소원은 이뤄지지 않겠는가. 파울로 코엘료는 『연금술사』에서 이르지 않던가. "이 세상에는 위대한 진실 하나가 있어. 무언가를 온 마음을 다해 원한다면, 반드시 그렇게 된다는 거야. 무언가를 바라는 마음은 곧 우주의 마음으로부터 비롯됐기 때문이지. 그리고 그것을 실현하는 게 이 땅에서 자네가 맡은 임무라네."

우리가 다시 햇살 아래 맑은 공기 마음껏 마시며 보고픈 이들을 만나서 마스크 벗고 마음껏 이야기할 수 있다면 그것이 최고의 선물 아니겠는가. 그러기 위해서 온 마음을 다해 소원을 빌어보자. 거리 두기, 마스크 쓰기, 손 씻기의 거·마·손 실천으로 일상의 평화가 어서 돌아오기를.

## 그리움으로

코로나로 힘들어한 지도 벌써 1년이 지났다. 언제쯤 이것이 사라지고 평온한 마음으로 하루를 시작할까.

학원에서 감염되었던 아이가 코로나 입원 중에 초경을 시작하였다. 이른 나이에 성숙한 몸이었던 딸이 언제라도 여자의 꽃이 피지 않을까 걱정했던 어머니는 아이에게 신신당부하였던 모양이다. 혹시라도 조금 기미가 보이기 시작하면 잘 처리하고 남의 눈에 띄지 않게 갈무리하여 엄마에게 가져오라고 말이다.

한번은 회진하고 있는데 의료진을 대하는 아이의 표정이 좀 이상하게 느껴졌다. 약간 우울해 보이기도 하고 무언가 말 못 할 고민이 있는 듯도 하였다. 무엇인가 불안해하는 기색이라 침대에 다가가 자초지종을 물어보았다. 그랬더니 며칠 전부터 생전 처음 겪는 일을 경험하게 되었다며 울먹였다. 어찌할지를 몰라서 밤에 잠도 오지 않고 자꾸만 마음이 두근거린다는 것이다.

뒤처리를 어떻게 하였는지 물어봐도 대답하지 않아서 주변을 살펴보고 뒤처리한 것들을 찾아보았지만 보이지 않았다. 병원에 입원해 있는 동안에는 아무런 걱정 하지 말고 어머니에게 하듯이 고민되는 것은 무엇이나 이야기해도 된다고 어르고 달래었다. 그랬더니 아이는 부끄러워하며 책가방을 열어 보여주는 것이 아닌가.

아이코~! 꽁꽁 묶어 소복하게 쌓아둔 소중한 물건들, 언제까지 그곳에 두려고 생각했을까. 의아한 표정을 짓고 있으려니 아이는 수줍게 이야기한다. 자신은 코로나와 싸워서 낫고 어머니는 자가 격리가 무사히 끝나서 다시 만나는 날, 기념으로 엄마에게 처리해 달라고 건네주고 뒤처리를 부탁할 셈이었다는 것이다.

무슨 일이 생기든지 어떠한 고민되는 일이 있어도 제일 먼저 생각나는 이는 바로 어머니가 아니겠는가.

몸은 비록 떨어져 있어도 집에서 자가 격리 중인 어머니를 의지하며 혼자서 두려운 마음을 억누르고 생전 처음 겪는 일을 처리하며 마음 졸였을 어린 초등학생, 수많은 코로나 환자를 보았지만 어려운 가운데서도 혼자서 자기 일을 스스로 감당하려 노력하는 행동이 너무도 대견하여 머리를 쓰다듬는다. 얼른 코로나가 끝나서, 의논할 상대도 없이 홀로 두려워하는 이들이 없기를 바라며 짠해지는 마음을 달랜다.

몇 해 전, 미국에 사는 지인이 장문의 편지를 보내며 그리운 어머니 이야기를 한 적이 있다. 코로나19로 혼자 입원해 있는 아이들을 대하다 보면 문득문득 그때의 이야기가 떠오른다.

어느 초등학교 과학 시간에 선생님이 아이들에게 시험문제를 냈다. "첫 글자가 M으로 시작하는 단어 중 상대방을 끌어들이는 성질과 힘을 가진 단어를 쓰시오."였다. 정답은 magnetic 곧 자석이었다. 선생님은 이것을 정답으로 생각하며 문제를 내었지만, 학생들이 써낸 답을 받아보니 85% 이상의 아이들이 mother라고 썼다고 한다. '엄마'를 상대방을 끌어들이는 성질과 힘을 가진 존재라고 믿었던 게다. 고민하던 선생님이 마침내 mother도 정답으로 처리했다고 한다. 실제로 있었던 이야기라며 전해주었다.

학생들이 M으로 시작하는 말로 상대를 끌어들이는 성질을 가진 단어를 '마더'로 기억하는 것은 어쩌면 당연하다고 생각한다. 세상에서 가장 아름다운 말 중에서 1위로 선정된 단어 역시 어머니이지 않던가. 세상에서 가장 아름다운 눈은 젖 먹는 자기 아이를 바라보는 어머니의 눈동자, 세상에서 가장 아름다운 소리는 자식의 목으로 젖 넘어가는 소리라는 말도 있다.

어느 사진 전시회에서 최우수작으로 선정된 작품은 〈기다림〉이라는 제목의 사진이었다. 해 질 무렵 동구 밖 느티나무 아래 누군가를 기다리는 여인의 뒷모습 사진이었다. 아이를 안고 있는 모습을 바라보는 것만으로도 가슴이 뭉클해 오는 사람들이 많지 않겠는가. 자식을 기다리는 어머니의 모습, 그것이 주는 메시지는 바로 기다림과 그리움이었다. 어머니는 기다림과 그리움의 대명사일 것이다. 어릴 적엔 아버지를 기다리고, 성장하여 결혼해서는 자식이 외출하면 그 자식을 기다리게 된다. 기다릴 수 있고 그리워할 수 있는 상대가 있다는 것은 어쩌면 얼마나 큰 행복일까.

코로나19로 인해 이번 설 명절에 그리운 이들을 만날 수 없는 이도 있으리라 싶어 안타깝다. 우리의 안식처이고 고향 같은 존재, 모든 것을 다 품어주고 다 내주고도 준 것을 기억하지 않는 어머니! 이 세상에서 어머니를 부를 수 있고 만날 수 있다면 더 행복한 일이 어디 있으랴. 만날 수 없기에 더욱더 그리운 어머니다.

추위가 아무리 이어져도 어느새 마른 가지 끝에는 초록이 번져난다. 잊지 않고 봄이 찾아오듯 역병이 사라지고 사랑하는 이들을 만나 마음껏 회포를 풀 수 있는 날, 인생의 봄날이 그리움으로 다가든다. 어서 빨리 그날이 찾아오기를 간절히 바란다.

# 당연한
# 것들을

산수유가 노랗게 아침 분위기를 더한다. 쌩쌩 차들이 달리는 강가에는 녹색이 짙어가는 수양버들이 아침 햇살에 가만히 그늘을 드리우기 시작했다. 목련은 하얀 전등을 켜고 기다린 듯 저만치서 길손을 반긴다. 흔들림 없이 제자리를 지키다가 어김없이 다시 찾아와 색을 바꾸는 자연이 오늘따라 마음 든든하게 다가온다.

다시 봄이 찾아왔다. 볼 것이 많아서 '봄'이라던가. 이번 봄에는 간절히 바라는 우리의 일상을 되찾을 수 있기를, 기다리는 일들이 하나하나 다 이루어지기를 기대한다.

코로나19 백신 국내 접종을 시작한 후 처음 16일

동안 우선접종대상자의 74.2%가 1차 접종을 마쳤다. 58만 7,884명이 1차 접종을 완료했다고 한다. 아스트라제네카 백신이 56만 1,785명, 화이자 백신 2만 6,099명이었다. 이는 전체 우선접종대상자 79만 2,267명 중 74.2%에 해당한다. 우리나라 인구를 5,200만 명으로 볼 때 접종률은 1.13% 수준인 셈이다.

아스트라제네카 백신은 요양병원·요양시설 등의 만 65세 미만 입소자·종사자, 1차 대응요원, 병원급 이상 의료기관을 대상으로, 화이자 백신은 코로나19 환자 치료병원 종사자를 대상으로 각각 접종하고 있다. 두 백신 모두 2차례 접종이 필요하고 현재는 1차 접종이 진행 중이다. 아스트라제네카 백신은 10주, 화이자 백신은 3주 간격으로 다음 접종이 이뤄지게 되어 있어 충분한 물량을 확보하여 끝까지 접종을 완료할 수 있다면 그래도 코로나19 종식에 대한 희망이 있지 않겠는가.

코로나19 백신을 맞고서 부작용을 호소하는 이들이 많다. 며칠 전 접종을 받았던 동료들도 난생처음 경험하는 열과 두통, 오한이었다면서 일정이 허락한다면 주말 근처에 맞고 꼭 쉬는 시간을 가져야 한다고 강조한다. 그들은 일부러 금요일 오후에 접종하였는데도 토요일과 일요일을 누워서 지내야만 했다면서 완전히 다른 백신이라고 하였다. 매년 인플루엔자 접종을 할 때는 겪지 못했던 너무도 생소한 느낌과 새로운 아픔이었다고 강조하였다.

노인 요양병원에 근무하는 지인도 코로나19 예방접종을 받고서 너무 어지럽고 온몸이 아파 며칠이나 휴가를 내었다고 한다. 알레르기 면역을 전공한 친구에게 전화를 걸어 증상을 이야기했더니 그 친구가 전한 이야기는 "건강하고 젊은 사람일수록 면역 반응이 강하게 나타나서 열과 두통, 오한 등의 원치 않는 작용이 나타날 수 있으니, 육십이 넘은 자네의 몸이 그만큼 젊다는 것이야~! 다행으로 생각해~!"였다.

그 한마디에 정년 퇴임 후 다시 요양병원에서 근무하는 동안 갑자기 몸이 젊어진 듯한 느낌이 들어서 순간 울어야 할까 웃어야 할까 잠시 울다가 웃다가 했다고 말씀하신다. 그냥 불평도 못 하고 끙끙대면서 고통이 지나가기만을 기다리며 그 시간을 견뎌내었다며 쓸쓸한 웃음을 짓는다. 그런 선배님을 보면서 코로나19 백신에 대한 부작용들을 미리 알아 두고 그에 대비하

여 심하게 부작용이 나타날 경우 우선 쉴 준비도 해두
어야 하지 않으랴 싶었다.

38.5도 이상의 열이 하루 이상 지속된다면 해열제
를 먹어야겠지만, 전문가들은 열은 면역반응의 일종일
수 있으므로 쉽게 해열하는 것은 면역을 방해할 수도
있다고 하니 참을 수 있다면 그냥 참아보는 것도 면역
을 잘 기르는 방법이지 않을까. 누가 언제 접종을 받게
될지는 앞으로 구체적인 계획이 수립되겠지만, 언제라
도 코로나19 예방접종 후 부작용을 알아두고서 미리
대비하는 것도 당황하지 않고 코로나19를 견디는 묘책
이 되지 싶다.

감염병 전담 병원인 우리 병원에서도 드디어 코로
나19 예방접종이 시작된다. 이번 주 화요일 화이자 백
신이 도착하면 직원들이 원하는 시간에 맞추어서 수요
일과 목요일 양일간 필요한 물량을 다 접종하도록 계
획하고 있다. 아침 8시 30분을 시작으로 예약된 시간에
촘촘하게 이름이 적힌 용지를 보고 있자니 갑자기 어
깨 근육이 욱신거리는 느낌이다. 백신 병 하나를 따면
6명이 접종하게 되어 있으니 예정된 시간 내에 빨리 접
종을 마치려면 모두 협조를 잘해야 하리라.

코로나19 백신은 근육주사다. 어깨 삼각근 부위가 잘 드러나도록 백신을 맞는 날에는 민소매를 입고 접종장에 나타나면 근무자들에게 많은 도움이 되리라. 접종 후에는 부작용이 발생하는지 알아보기 위해 15분 정도는 그 자리에 머물러야 하니 가수 이적의 노래라도 흥얼거려 봄이 어떨까.

'그때는 알지 못했죠. 우리가 무얼 누리는지/ 거릴 걷고/ 친굴 만나고/ (중략) / 우리에게 너무 당연한 것들/ 처음엔 쉽게 여겼죠./ 금세 또 지나갈 거라고/ 봄이 오고/ 하늘 빛나고/ 꽃이 피고/ 바람 살랑이면/ 우린 다시 돌아갈 수 있다고'

봄, 다시 봄이다. 당연한 것들을 기대하는.

## 퇴원하는 이들을
## 축하하며

완연한 봄날이다. 휴일이지만 기다릴 환자의 얼굴을 보러 병원으로 향한다. 컴퓨터를 켜자마자 바로 하는 일은 검사결과를 확인하는 일이다. 산수유가 만발하고 초록빛 마늘밭에 여느 때처럼 평화로운 봄이 왔다고 소식 전하는 지인의 사진을 바로 보며 입원실에 있는 그 환자들의 마음은 얼마나 답답할까 싶어 조마조마한 심정으로 결과를 클릭한다. '음성'이다. 나도 모르게 환호성을 지른다.

환아의 엄마는 두 손을 모으며 '제발, 제발'을 연발한다. 입원 후 하루 지나 검사한 결과에서는 '미결정'이다. 얼굴에 구름이 드리운다. 어쩌랴, 조금 지나면 더 좋아질 것이니 너무 실망하지 말라고 등 두드려

주는 수밖에. 간절한 기원을 담아 그 다음에 한 검사에서도 미결정, 어쩌란 말이냐, 환자와 보호자의 얼굴에 짜증이 잔뜩 실려 있다. 그 모습에 의료진들이 무슨 잘못이라도 저지른 양 안절부절못한다. 미안한 마음이 들어 회진도 더 자주 돌아보면서 환자의 심경을 살핀다. 입맛도 없다고 하면서 그냥 내 놓는 일회용 도시락을 보면서 어찌하든 많이 먹고 힘을 길러야 바이러스도 빨리 배출된다고 위로도 되지 않을 위로를 건넨다.

미결정은 바이러스가 완전히 사라진 것이 아님을 나타내는 것으로 보고 다시 두 번의 음성이 나와야 퇴원할 수 있다. 아니면 다시 생활치료센터로 입소하여 지내야 하는데 지칠대로 지친 환자들은 여기서 꼭 나아서 나가고 싶다고 소원한다. 어쩔 수 없다. 하얀 거짓말을 하더라도 환자를 달래야 하지 않겠는가. 약 처방을 다시 해주면서 "이 약을 먹으면 바이러스가 더 빨리 사라질지 모르니 꼭 시간 맞추어 드시고 삼시 세끼 밥도 남김없이 드셔야 해요."라고 당부한다. 그러면 "속는 셈 치고 잘 먹고 빨리 나아 볼게요."라고 답하며 희미한 미소를 띠운다.

다시 검사를 했다. 조심스레 열어본 결과 또 미결

정이다. 어쩌면 좋으랴. 의료진은 그 환자 앞에서 결과를 어찌 발표할까 의논한다. 할 수 없다. 씩씩하게 처음부터 다시 시작하는 마음으로 이겨내 보자고 발표한다. 환자의 눈에서 소리 없는 눈물이 흐른다. 지켜보던 간호사가 먼저 고개를 돌린다. 나도 모르게 코끝이 시큰해 온다. 마주 앉아 방호복 입고 장갑 낀 손으로 그의 손을 잡고 어깨를 두드려준다. 떨림이 전해온다. 다음에는 무슨 일이 있더라도 좋은 결과가 있으리라. 기약 없는 다짐을 하며 나와서 하늘을 본다.

구름 한 점 없는 하늘은 이런 민초들의 심중을 아는지 모르는지 파랗게 눈이 부시다. 다시 처방을 내고 검사를 넣는다. 이제 다시 검체를 채취하여 기도하는 심정으로 검사실로 내린다. 드디어 음성이라는 결과를 받고서는 대학 합격 발표를 본 듯 가슴이 두근거린다. 이제 24시간 잘 지내고 나서 다시 검사를 했다. 이번이 제발 마지막이기를 소원하며.

드디어 진짜 두 번째 음성이다. 바로 병동으로 전화했다. 환자가 받는다. "두 번째 결과도 음성입니다. 퇴원 준비하십시오." 보건소로 격리해제 요청서를 보내었다. "격리해제 요청서가 승인 나면 바로 집으로 가도록 해 드릴 터이니 짐을 최소한으로 챙기십시오. 될 수 있는 한 그대로 두고 버리고 필요한 것만 챙겨서 반드시 철저히 소독하여 사용해야 합니다." 나도 모르게 흥분하여 이것저것 앞서서 챙겨야 할 일들까지 이야기 했다. 발은 허공에 뜬 듯 허둥댄다.

음성 결과를 받고 이렇게 좋아해 보기는 아마 그들에게는 처음이지 싶다. "약도 없다는 코로나 어떻게 하면 빨리 나을 수 있을까요? 오로지 긍정적인 생각만 하면 음성이 빨리 나올까요?"라고 묻던 그에게 음성입니다, 두 번 연속 음성입니다. "퇴원하세요."라고 시원하게 이야기할 수 있는 이날이 정말이지 아름다운 봄날이다.

수양버들이 어느새 녹색 가지를 일렁이며 강둑을 장식한다. 따스한 봄볕을 받은 개나리는 천지사방에 노랑으로 물들이고 있다. 삼월 하순, 이맘때면 의성 사곡 산수유마을에는 축제 준비로 한창일 것이다. 기찻길을 넘어 산수유마을로 달려가 파랗게 돋아나는 마늘싹을 넋놓고 바라보던 때가 벌써 옛날 일처럼 아득하다. "기침하십니까? 목이 아프세요? 숨이 답답하지는 않은가요?" 선별 진료소 당직 설 때면 날마다 하는 질문이다.

신종 코로나바이러스가 끝나고 나서 제일 먼저 하고픈 일이 무엇일까? 마스크 벗어던지고 숨 크게 들이쉬며 푸른 하늘 아래 사랑하는 이들과 맛난 것 먹으며 마음껏 이야기하고 떠들고, 함께하는 시간을 갖고 싶지 않을까.

드디어 기다리고 기다리던 퇴원을 하는 그들에게 축하를 보낸다. "퇴원을 축하합니다. 그동안 고생 많으셨습니다. 건강하게 지내다 우리 다시 만나요."

## 코로나가 우리 삶을
## 정말 바꾸었나

정말 오랜만에 홀가분한 기분을 만끽한다. 혼자서 실실 웃음을 날릴 정도로 흥거운 마음으로 발걸음 가벼이 시골로 향했다. 고속도로에서 내려서니 길가에는 코스모스를 닮은 노란 꽃들이 줄지어 피어나 불어대는 바람에 흔들거린다. 아카시아 향긋한 향내를 등에 업고 어서 오라고 반갑게 손 흔들어 환영해 대는 것 같다. 가을 하늘처럼 맑고 푸른 하늘과 길가의 노란 꽃들, 코끝에 스며드는 향내가 행복한 기운을 마구 솟구치게 한다. 누구라도 만나면 웃으며 인사하고 싶어진다.

3월 말로 임기가 끝난 지회장의 자리를 코로나 사태로 넘겨주지 못하고 있으려니 마음이 무거웠다. 임원들과 의논하면 그때마다 의견이 분분하여 결론을 못 내었다. 할 수 없이 익명으로 개최에 대한 찬반투표를 하였다. 결과는 10 중 8이 방역 수칙을 지켜 간략하게 식을 치루고 넘겨버리자는 의견이었다. 일단 결정하자 일사천리로 총회준비가 착착 진행되었다. 의사들이니 누구보다 더 철저하게, 모범을 보이는 차원에서라도 생활 속 거리 두기를 하면서 모임을 성공적으로 잘 진행해 보자며 결의를 다졌다.

여느 총회 같으면 초대해야 할 손님도 많았겠지만, 대부분 생략하기로 했다. 그런데도 즐거운 마음으로 참석하겠다는 분들이 많았다. 서울 이태원발 코로나 확진자가 자꾸 발생하는 상황이라 혹시라도 감염이 생기면 그 감당을 어찌할까 걱정이 많이 되어서 인원을 최소로 제한하였다. 새로 바뀐 중앙의 집행부에서도 참석한다고 연락이 왔다. 마음은 고맙기 그지없지만 시국이 시국인지라 걱정이 이만저만 되는 것이 아니었다. 행여 오고 가는 먼 길에 일이라도 발생하면 어쩌나 싶어 몇 차례나 걱정스럽다는 뜻을 전했지만 대구·경북 회원을 격려해 주고 싶다는 마음을 막을 수는 없었다. 아무 탈 없이 행사를 치를 수 있기를 기도하는 수밖에.

맡은 임무를 할 때는 몰랐었는데 임기가 끝나고도 옷을 벗지 못하고 있으려니 빌려 입은 옷을 입고 있는 것처럼 정말 불편하였다. 두 달이나 늦게나마 번갯불에 콩 구워먹듯 어깨를 누르고 있던 짐을 벗어 버리고 나니 정말 날아갈 듯 홀가분하였다. 임원들도 같은 기분인지 밤이 깊은 줄도 모르고 저녁 식사도 하지 못한 채 손님들이 다 떠난 강당 앞에서 그간의 고생담을 이야기하면서 얼른 코로나가 끝나고 나면 회포 풀 날을 잡아보자고 했다.

회원들과 헤어져 차를 천천히 몰아 집에 도착하니 미국에 사는 아이가 카톡을 여러 개 보내 놓았다. "시원섭섭하시죠?", "이젠 아빠한테 공사다망(공과 사가 다 망한다)한다는 이야기는 안 듣겠네요.", "엄마만의 시간을 느긋이 즐겨보세요." "창의력 퀴즈도 풀어보세요. '?' 에 들어갈 숫자는 무엇일까요? 〈18=6 23=11 10=10 13=?〉" 문제를 풀어보면서 잠시나마 허전해질 엄마의 마음을 달래보라고 하는 아이의 배려인 모양이다. 입고 있던 겨울 외투를 벗은 듯 홀가분하기만 한데, 자꾸만 "시원섭섭하지?"라고 묻는 이들이 있어서 언젠가 정말 그런 기분이 들까? 싶은 생각도 든다.

코로나19가 심각하게 밀려왔던 대구·경북은 큰 전쟁을 치르고 났으니 어지간한 환자 발생에는 대결 능력이 생긴 것처럼 여겨진다. 그동안 심하게 두들겨 맞았기에 어느새 맷집이 생긴 것이다. 서울발 코로나가 지역사회로 스며들어 산발적으로 대구에도 발생하고 있다. 고등학생 개학으로 발생한 코로나 무증상 환자도 입원하지만 그래도 전체적인 입원 환자 수는 많이 줄었다. 코로나 전담 병원이다 보니 아직 일반 입원환자는 받을 수 없고 외래 진료만 열어서 환자를 진료해야 하니 병원 운영에 어려움이 많다. 스텝 회의를 하는 중간에 무거운 침묵과 한숨이 오간다. 코로나가 끝나야 일반 환자가 마음대로 오갈 수 있을 터인데 말이다.

코로나가 우리 삶을 정말 많이 바꾸어간다. BC(Before corona 코로나 발생 전), AC(after corona 코로나 이후의 삶)가 달라진다고 한다. 어쩌면 코로나는 완전히 종식되지 않고 우리 인간의 삶과 더불어서 함께 살아가게 되는 것은 아닐까. 때때로 나타났다가 조금 더 신경 써서 처리하고 관리하고 모두 마음 쓰면 사라지는 척하다가 또 나타났다가 하면서 자꾸만 우리 곁을 떠나지 않을 듯한 기분이 드는 것은 왜일까.

그런 의미로 본다면 AC가 아니라 어쩌면 WC(with corona)의 삶으로 살아가야 하는 것은 아니랴 싶다. WC(water closet)는 화장실을 뜻하지 않은가. 코로나는 치료약이나 백신이 없기 때문에, 치료제가 있고 백신이 있는 감염병을 치료하는 완치의 개념이 아니라 우리 모두가 매일 매일 화장실을 드나들면서 우리의 건강을 살피고 관리하듯이 끝까지 자기 스스로 방역 수칙을 지키면서 신경써야 하는 것, 바로 관리의 개념을 도입해야 하는 난제일 듯하다.